三世代探偵団

次[illegible]に棲む死神

赤川次郎

角川文庫
22946

目次

プロローグ

「お帰りなさいませ、お嬢様」

　ドアを開けたのは、初老の執事だった。

「ただいま！」

　有里《ゆり》は勢いよく中へ入ると、「お母さんは？」

「奥様は二階においでです」

「そう」

　有里は、ゆるやかなカーブを描いた広い階段を上ろうとしたが、

「少しお待ちになった方が」

　と、執事が言った。

「どうして？」

　と、振り向いた有里は、「お母さん、あの男と一緒なんだ！　そうでしょう？」

　執事は否定しなかった。有里は顎《あご》をツンと上げて、

「どうして自分の家で遠慮する必要があるの？　お母さんに『ただいま』を言うのは当

り前じゃないの」

と、階段を上りかけた。

すると、階段の上の方に、母が現われた。

「お帰りなさい！」

と、両手を広げて、フワリと長いドレスの裾《すそ》を翻しながら、「待ってたのよ！」

と、階段を下り始めたのだが……。

有里は心の中で、「気を付けて！」と叫んでいた。

その瞬間、裾を踏んづけた母は、アッと声を上げる間もなく、派手に階段を転がり落ちていた。

一瞬の間の後、客席は爆笑に包まれた。

「幕を下ろして！」

という声が飛ぶ。

凄《すご》いスピードで幕が下りた。

「──お母さん！」

有里は、大の字になってのびている母へと駆け寄った。

「みっともない！」

と、有里は言った。「だからやめとけって言ったのに！」

濡《ぬ》らしたタオルを頭の後ろのこぶに当てた母、文乃《ふみの》は、顔をしかめて、

「あんた、さっきから同じことを五回も言ってるわよ」

と言った。「いたた……」

「まだ四回だよ」

「どっちだっていいけど……」

楽屋へ、演出家の風宮《かざみや》が入って来た。

「そうよ。この人が、『蝶《ちょう》がフワフワ舞うみたいに階段を下りて来てくれ』とかって、とんでもないこと言うんだもの」

「お母さん！」

「いや、申し訳ない」

ジャンパー姿の四十男の風宮は、苦笑して、「文乃さんにお願いしたのは僕だ。文乃さんのせいじゃないよ」

「そうよ」

と、文乃は得たり、という顔で言った。

「もう……。風宮さん、どうするんですか？」

「十五分したら初めからやる。有里君、やれるか？」

「もちろんです」

「文乃さんの役は女房にやらせる。セリフは多くないから大丈夫だろう」

「私、やってもいいですけど……」

と、文乃は言いかけたが、有里の凄い目つきに口をつぐんだ。

「じゃ、文乃さんはここで休んでいて下さい」

と、風宮は言った。「一応、MRIでも撮った方が……」

「大丈夫です。私、石頭ですから」

と、文乃は言った。

「そうですよ」

と、有里は言った。「少しぶつけた方が普通になっていいのよ、お母さんの場合は」

文乃はプッとむくれて、

「もう、憎まれ口ばっかりきくんだから、この子は」

それを見ていた風宮が笑って、

「文乃さん、君も若いころはよく憎まれ口を叩《たた》いてたよ」

「そうだった？」

文乃はそっぽを向いた。

「――じゃあ、有里君、十分したら、舞台の袖《そで》に」

「分りました」

風宮が出て行くと、有里は、「ちょっと、お祖母《ばあ》ちゃんに言ってくるよ」

「わざわざ言わなくたって……」

と、文乃は不満顔だ。

「だって心配してるよ、あんな勢いで階段から落ちるの見たら」

「あんたは心配してないじゃないの」

「親と娘じゃ違うでしょ」

と、有里が言い返したところへ、ドアが開いて、

「文乃、大丈夫？」

と、顔を出したのは当の祖母、幸代《さちよ》だった。

「こぶができてるけどね」

と、文乃は言った……。

天本《あまもと》有里は今、十六歳の高校一年生。その母、文乃は四十歳で、演出家の風宮と高校の同期生だった。文乃の母、つまり有里の祖母、幸代は今、七十二歳である。

幸代は髪こそほとんど白くなっているが、背筋がシャンと伸びて、若々しい。端整な顔立ちは、一代置いて、孫の有里に受け継がれていた。

文乃は幸代にあまり似ていない。童顔で、少女の印象を今も残している……。

「見せてごらん」

と、幸代は文乃の後頭部をそっと触った。

「いたた……。いじらないでよ、お母さん」

と、文乃が文句を言う。

「こぶになってりゃ大丈夫。それに、却《かえ》って頭がはっきりしていいかもね」

「有里と同じこと言ってる」

文乃は、ますますむくれてしまった。

そこへドアが開いて、

「文乃さん。——災難でしたね」

と、色白のほっそりした女性が入って来た。

「さくらさん。私は大丈夫」

と、文乃は笑顔を作って、「それより、さくらさんが代役で……」

「ええ」

風宮の妻、さくらは今三十一歳だが、若々しく見える。もともと風宮の劇団に入って来た女優だ。

「せっかく文乃さんが稽古《けいこ》されてたのに、申し訳ありませんね」

「いえ、私はどうせ素人だから……」

と、文乃はいじけている。

「さくらさん、よろしくお願いしますよ」

と、幸代が言った。

「恐れ入ります。主人の稽古にいつも付合っているので、セリフは頭に入っていますから」

「じゃ、用意しましょ」

と、有里が言った。「お母さん、ここで休んでて」

「分ってるわよ。ああ痛い……」

「じゃあ、私は客席に戻るわ。有里、しっかりね」

幸代と有里は、さくらと一緒に楽屋を出た。

「どうして自分の家で遠慮する必要があるの？　お母さんに『ただいま』を言うのは当り前じゃないの」

そう言って、有里は階段を上りかけ――戸惑った。

このタイミングで、階段の上にさくらが現われなければならないのに、出て来ないのだ。おかしい。しかし、演技を止めるわけにはいかない。

有里は階段をゆっくりと上って行った。早く！　さくらさん、早く出て来て！

さくらが現われた。しかし、様子がおかしかった。

よろけながら手すりにつかまると、さくらは目を見開いて、ひと言、呟《つぶや》くように言うと、そのままうつ伏せに倒れた。

有里は愕然《がくぜん》として、さくらの背中に広がる真っ赤なものを見ていた。――血だ。

「幕を……」

有里は振り向くと、「幕を下ろして！」

と叫んだ。

「さくらさんが——。救急車を呼んで！」

風宮が走って来る。

やっと幕が下りた。

有里は階段の途中に座り込んでしまった。

幕は下りたが、これはある事件の幕開きだったのだ……。

1　最後のひと言

バスが停ると、タッタッと元気よく足音が乗って来て、座っている有里の方へとやって来た。

「オス、有里！」

「真奈《まな》、おはよう」

と、有里は言った。

名前を呼ぶまでもなく、このバスに途中から乗って来る同級生は、この城所《きどころ》真奈だけだ。

今朝は有里の隣が空いていて、並んで座ると、

「大騒ぎだったね！」

もちろん、真奈が開口一番、そう言うだろうと分ってはいたが……。

「今、その話はやめて」

と、有里は言った。「さくらさんが死んだんだし」

「ああ、そうだね」

と、城所真奈は肯《うなず》いて、「でも、大変だったよね！」

話題にするなと言う方が無理と分ってはいるが、有里の思いは複雑だった。

有里はバスの窓から表を眺めて、

「今日はいいお天気だね」

と言うしかなかった。

バスは海を見下ろす道を走っていた。

天本幸代と母、文乃、そして有里の女三世代が暮す小さな海辺の町、海鳴《うみなり》町から、こうしてバスで三十分、都会と呼べるほどのN市へと出る。

そこから電車で十五分ほどの所に、有里と真奈の通う高校、〈興津《おきつ》山《やま》学園〉がある。

「——私も行ってたんだ」

と、少しして真奈が言った。

有里はびっくりして、

「真奈、いたの？　来られないって言ってなかった？」

「家庭教師がさ、急にキャンセルになったんだ」

「へえ」

「ラグビーやってて、足折ったって。当分来られない。やった！」

「喜んでどうすんの」

と、有里は苦笑した。「──じゃ、ずっと見てたんだ」

「楽屋に行こうかと思ったけど、それも却《かえ》って迷惑かと思ってさ」

「へえ。真奈にしちゃ遠慮深いじゃない」

「当り前よ。この気配りの真奈を知らないの？」

「知らない」

二人は一緒に笑った。

有里も、少し気が楽になった。

「風宮さん、ショックだよね」

と、真奈は言った。「奥さんが殺されるなんて……」

「うん……」

「うちのお芝居どころじゃないよね、きっと」

と、真奈が言ったのは、風宮悠二《ゆうじ》が、興津山学園高校の演劇部の顧問をつとめているからである。

有里と真奈は一年生ながら演劇部員としてこの秋の文化祭で上演される芝居で舞台に立つことになっている。

その演出と指導を引き受けてくれているのが風宮なのだ。

事件が起ったのは、風宮が主宰する劇団の公演で、有里は演劇部での指導の中で実力を認められ、出演していたのである。もちろん、母、文乃が風宮の古い友人ということもあっただろうが……。

「そういえば、お母さん、大丈夫だった？」

と、真奈に訊《き》かれて、有里はちょっとギクリとした。

「うん。どうして？」

「あんなにひどく落っこちてさ」

「ああ、ありがとう。石頭だから、うちの母」

と、冗談めかして言ったものの……。

風宮さくらは、背中を刃物で刺されていた。階段のセットは、もちろん客席から見える側に作られているだけで、裏側は足場が組まれている。

さくらはあのフワフワしたドレスで、足場を上って、出を待っていたはずだ。そこへ誰かがやって来て――刺した。

「真奈」

「何？」

「今日、帰り、私は用事あるの。待たないで帰って」

「うん、分った」

——有里は、目の前で倒れたさくらの姿を忘れられない。

そして倒れる直前、さくらが口にした言葉も。さくらは、確かに、

「文乃さん……」

と言ったのである。


学校へ行くと、真奈以外にも、あの舞台を見に行っていた子が何人かいて、クラスの中では、やはり殺人事件の話でもちきりだった。

「犯人、まだ分らないんだよね」

「怖いね！　殺人犯がその辺歩いてるかもしれないよ」

といった話が耳に入って来る。

もちろん、有里としては母が犯人だなどとは、これっぽっちも思っていないのだけれど、さくらの死にぎわの言葉を警察に言ったりしたら、母が疑われるかもしれないと思うと、とても口にはできなかった。

幸い、あの言葉を聞いたのは有里だけで、何も言わなければ知られるわけがない。

ともかく、授業が始まると、有里は少しホッとしたのである。

お昼休みの少し前だった。

何があってもお腹は空く。それが十六歳というものだ。

特に今朝は色々考え込んでいて、いつもほど朝食を食べなかった有里は、早くもお腹

がグーッと鳴り始めていた……。

「失礼します」

と、ドアが開いて、事務室の女性が顔を出した。

「何だね？」

授業をしていた世界史の教師が手を止める。

「天本有里さん、いますか？」

有里はちょっと面食らって、

「はい……」

と、手を挙げた。

「警察の方がみえてます」

クラスのみんなの目が一斉に有里を見る。

「はい……」

有里は教師の方へ、「先生、いいでしょうか？」

「ああ」

と、教師は肯くと、「逮捕されるときは知らせろ」

ひどい冗談を言う奴だ、とひとにらみしてから、有里は教室を出た。

「――大変だったわね」

事務室の女性は、三田《みた》洋子《ようこ》といった。

興津山学園は女子校だが、事務室の職員も全員女性。中でも、三田洋子は生徒たちから頼られる「お姉さん」的存在だった。

「ええ」

「応接室よ」

と、一緒に歩きながら、「お母さんは大丈夫だった？」

「え？　洋子さんも見に来てたんですか？」

「もちろんよ！　風宮先生にはお世話になってるし」

と、三田洋子は言った。

「母は大丈夫です」

石頭ですから、と付け加えるのはやめておいた。

「怖いわね」

と、三田洋子は眉《まゆ》をひそめて、「本当だったら、お母さんがあの役をやってたわけでしょ？　もしかしたら、殺されるの、お母さんだったかもしれないものね」

有里は思わず足を止めた。——洋子が振り向いて、

「どうしたの？」

そうだった！　風宮さくらは背中を刺されていた。もしかすると犯人は、母を狙うつもりで、人が代ったと知らずに、さくらを刺したのかもしれない。

「いえ……。何でもないです」

もちろん、母が狙われたのかもしれない、と思うのは恐ろしかったが、一方では、あの「文乃さん……」という言葉を説明できるかもしれない、とも思った。

「――失礼します」

いつもきっちりとしたスーツ姿の三田洋子が応接室のドアを開けると、「天本有里さんです」

有里は、ちょっと深く息をついて、それから応接室へと入って行った。

「紅茶を淹《い》れたけど、お母さん」

文乃がそう言うと、天本幸代は振り返って、

「あら、ありがとう」

「邪魔だった？」

「いいえ。一息入れたいと思ってたところよ」

幸代は絵筆を置いて、微笑んだ。

ガラス張りの広々としたアトリエには、暖かい日差しが差し込んでいた。

幸代はスモックを脱いで、ソファに腰をおろした。

「――今、何を描いてるの？」

一緒に紅茶を飲みながら、文乃が訊いた。

「オペラの一場面よ」

「へえ。何のオペラ？」

「〈お前の投げたこの花は〉って、ドン・ホセが歌ってるところ」

幸代の言葉に、文乃はちょっと面食らって、

「そんなに長いタイトルのオペラなの？」

「何言ってるの」

と、幸代は苦笑して、「ドン・ホセっていったらカルメンの恋人でしょ」

「ああ。――〈カルメン〉なら知ってるわ」

文乃はちょっと安心した様子で、「どこの仕事？」

「どこだかの音楽ホールのロビーに飾るのよ。今月いっぱいで、って頼まれてる」

天本幸代は画家として、すでに評価の高い存在である。五十代まで、海外でも度々個展を開いていたが、病気をきっかけに、この海辺の小さな町、海鳴町に家を建て、ゆったりと暮すことにした。

今は娘の文乃、孫の有里と、女三代が暮している。

このガラス張りの明るいアトリエで、幸代は気に入った仕事だけを引き受けて描いていた。もちろん、今でも幸代に絵を依頼しに訪ねる人は少なくない。

「――文乃、頭は大丈夫？」

と、幸代が訊いた。

「え？　ああ、まだ触ると痛いけど、大したことないわ」

「まあ、大丈夫でしょうけど、念のためにMRIでも撮っておきなさい。知ってる先生に頼んであげるから」

「そんな……。大げさよ」

と言いながら、「じゃ、行って来ようかしら」

呑気《のんき》そうに見えて——いや、本当に呑気なのだが、文乃は一面、心配性でもある。

「後でK大病院へ電話しておくわ。あなたも憶《おぼ》えてるでしょ、内山《うちやま》先生」

「ええ。もうずいぶん偉くなったでしょうね」

「早い方がいい。これ飲んだら電話してあげるわ」

幸代はてきぱきと片付けるのが好きな性格。文乃の、「今でなくてもいいことは先へ延ばす」性格とは正反対だ。

「——恐ろしい事件だったわね」

と、幸代は言った。

「ええ……。さくらさん、あんなに控え目な人だったのに、殺されるなんて……」

「控え目ってことは、自分を抑えつけてることでもあるわ。どんなにおとなしく見える人も、ある日突然爆発するかもしれない」

「さくらさんが？」

「風宮さんは女性関係に、とかくの噂のあった人でしょ。さくらさんだって、知らないはずがないもの」

「そうかしら……」

「十歳近く若い奥さんだった。さくらさんももともと女優で、風宮さんが目をつけたわけでしょう」

「でも、大事にしていたわ」

と、文乃が言うと、幸代は微笑んで、

「みんなの目のある所ではね。愛妻家のイメージを壊したくなかったんでしょう」

「お母さん、風宮さんに恨みでもあるの？」

と、文乃がむくれる。

「そんなんじゃないわよ。ただ、ああいう類《たぐい》の人をよく知ってるだけ」

確かに、幸代は若いころから、画家としての仕事の他に、舞台美術にも関心があり、実際にいくつかの作品を手がけていた。演劇界の人とも交流があったのである。

「でも、さくらさんとは私、親しかったのよ。色々話もしたけど、ご主人のことでグチを聞かされたことはなかったわ」

文乃の言葉に、幸代は何も言い返さなかった。

「クッキーがあったわね。昨日焼いたのが」

「ええ。持って来ましょうか」

文乃が立って行くと、幸代は、机に置いたケータイを手に取って、K大病院の内山医師にかけた。

「――ええ、念のためなんです」

事情を説明して、「明日、伺わせます。よろしく」

「承知しました」

と、内山昌志《まさし》医師は言った。

五十過ぎの働き盛りだ。

「幸代さん、体調はいかがですか」

と、内山が訊いた。

「私？　至って健康です」

「しかし、娘さんに付き添っておいでになっては？　ついでに簡単な検査をしませんか？」

幸代は笑って、

「お上手なお誘いね。デートに誘って下さるのなら、ついでに検査を受けてもよろしいわ」

「決りだ。明日の夕食を、ぜひ付き合って下さい」

「喜んで。文乃は先に帰しますわ」

と、幸代は言った。

幸代から見れば、五十代で二十歳近くも年齢の違う内山医師は息子のようなものだ。

それでも、二人で食事したりすれば、それなりに「女」に戻れるのが幸代の楽しみなのだった。

レストランの希望を言って切ると、幸代はちょっと鼻歌など歌っていた。

クッキーを入れた器を持って文乃が戻って来ると、幸代は、

「明日十一時よ、内山先生」

と言った。「あなたが運転してよ」

「車で？　列車の方が早いわ」

「先に一人で帰るのよ。車の方が気楽じゃない？」

と、幸代は言った。

2　アリバイ

その刑事は、あんまり刑事らしくなかった。

いや、有里だって、本物の刑事を知ってるわけじゃない。イメージはテレビの刑事ドラマでできたものだ。

「天本有里です」

と、ひと言言って、ソファに座る。

「まあ、そう緊張しないで」

と、刑事は言った。

「はい……」

「僕は村上《むらかみ》。よろしく」

と名刺を渡す。「ケータイ番号も裏に書いてあるからね」

「はあ……」

有里はちょっと調子が狂ってしまった。

もらった名刺に〈村上良治《りょうじ》〉とあって、何と可愛い猫の写真がプリントされていたからだ。

「可愛いだろ？　野良だったのを拾って育てたんだ。それで名前は〈ノラ〉」

有里はつい笑って、

「可愛いですね。今、何歳？」

「さあね。拾った猫だからな。でもたぶん三歳か四歳だと思うよ」

確かに野良猫らしく、しっかり鋭い目つきをしている。飼主の刑事の方は――おっとりした感じで、あんまり「切れる」印象ではない。

背はありそうだが、あまり強くはないようだ。少々頼りなげである。

「君は今、十六？」

と訊《き》かれて、

「ええ。刑事さんは？」

と、つい訊き返していた。

「僕はついこの間四十になったよ」

「へえ！　若く見えますね」

「そりゃどうも」

何の話をしてるんだろ？　有里は座り直して、

「すみません、余計なことを言って」

「いや、構わないよ。『愛される警察』が、僕のモットーだからね」

「はあ……」

変な人だ。

「それで……。風宮さくらさんが殺された事件のことで、少し話を聞かせてくれるかな」

「はい」

有里は、母、文乃が階段から落ちて、風宮さくらが代役をつとめることになった事情から説明して、さくらが倒れるまでを話した。

「——なるほど」

村上刑事は、時々メモを取って聞いていたが、「いや、君の話はよく整理されていて分りやすいね」

と、感心した様子だった。

「そうですか」

「なかなかそんな状況で、細かなことまで憶《おぼ》えている人はいないよ」

「はあ……」

村上はメモを見直していたが、

「さくらさんのことはよく知ってた？」

と訊いた。

「あまり個人的には……。でも、風宮さんがここの演劇部の顧問なので、さくらさんもよく来て、手伝ってくれました」

「なるほど」

村上は肯《うなず》いて、「さくらさんに恋人がいたとかいう噂はあったかね？」

突然思いがけないことを訊かれて、有里は面食らった。

「いや、高校生でも、今はそういうことに詳しいかと思ってね」

村上は照れたように言った。

「本当にそういう噂が？」

と、有里は訊いた。

「さくらさんの恋人のことかい？」

と、村上刑事は言った。「もしかしたらって程度なんだがね」

「ご主人は――風宮さんは知ってるんでしょうか」

「さあ……。少なくとも、僕は直接風宮さんにそう訊いてはいない」

「そうでしょうね」

と、有里は肯いた。「風宮さんとさくらさん、とても仲がいいように見えましたけど……」

「うん。むろん、そういうことだってあるだろう」

と、村上は言った。「だが、さくらさんは殺された」

「びっくりしました、本当に」

と言ってから、「あの役は本当なら母がやるはずで……」

「ああ、そうだったんだね。天本——文乃さんだっけ？」

「はい」

「天本……」

村上刑事は少し考えていたが、「君、自宅は海鳴町？」

「ええ、そうです」

「もしかすると、君のお祖母《ばあ》さんは、画家の天本幸代さんかい？」

「知ってるんですか？」

有里の方がびっくりした。

「もちろんさ！」

村上刑事の声が、初めて高くなった。「天本幸代っていえば、日本を代表する画家じゃないか！　僕はあの人は〈現代の上村松園《うえむらしょうえん》〉だと思ってるんだ」

やけに興奮している。

「――絵、お好きなんですね」

と、有里が言うと、村上はハッとした様子で、

「や、ごめん。つい……大ファンなものだから」

「どうも……」

礼を言うのも変か、という気がした。

「いやあ、しかし……天本幸代さんのお孫さんとはね……」

まだ興奮冷めやらぬ感じだった。――そして咳払《せきばら》いすると、

「それじゃ……君は今、お祖母さんと一緒に暮してるの？」

「はい。うちは、私と母と祖母の女ばっかり三人暮しです」

「そうか……」

村上の顔を見ていて、有里は、

「あの――もし、母から話を聞きたかったら、家へ来て下さい」

と言った。「祖母もいますし」

考えていることを言い当てられて、村上は赤くなった。――何か、可愛い人だな、と
有里は思った。

「まあ……必要とあれば、伺うかもしれないが」

と、何とか刑事の立場に戻ると、「さくらさんが刺されたとき、何か人影や足音など、

気付かなかった？」

「何も。――ともかく、さくらさんが倒れて来たので、びっくりして」

「そうだろうね。――君、これから学校を出られるかい？」

「え？」

「現場で話を聞きたい。どうだろう？　もちろん、君としては怖くて近付きたくないかもしれないけど」

「いえ、そんなことないです。――ただ、先生の許可を取らないと……」

有里としては、あそこにもう一度行ってみたいと思っていたので、村上の言葉はありがたかったが……。

「あの……お弁当、食べてからでもいいでしょうか？」

と言ったとたん、有里のお腹がグーッと鳴った。


「三田さん」

独特の太い声が事務室に響いた。

「はい」

パソコンに向っていた三田洋子は手を止めて、立ち上ると、「――何でしょうか、事務長さん」

と、奥の机の前に立った。

「文化祭の打上げ、お店は決ったの？」

と、原口恒子《はらぐちつねこ》は訊いた。

「あ……。いえ、まだです。すみません」

「急がなくていいわよ。ただ、連休中はお休みの所もあるからね」

「はい、手配します」

〈興津山学園〉の事務長、原口恒子は五十歳になったばかり。ゴルフ焼けして、「原口おじさん」と呼ばれたりしている。

「刑事さんが来たって？」

と、原口恒子は小声で訊いたが、もともと声が太くてよく通るので、あまり意味はなかった。

「はい。今、まだたぶん応接室に……」

「天本さんに話を聞きに来てるのね？」

「そうです。その場に居合せたので……」

「あなたも行ってたの？」

「はい。ただ、事件の後は混乱して……」

「そうでしょうね。――話がすんだら、天本さんと話してみて。どんな様子だったか、聞いておきたい」

「分りました」

三田洋子は席へ戻ろうとして、上着のポケットで、ケータイがマナーモードで着信を知らせるのに気付いた。そのまま廊下に出ると、

「――もしもし」

と、小声で言って、「ちょっと待って」

急いで事務室から離れると、周囲を見回して、

「どうして早く電話して来ないのよ！」

と、叱るように言った。「ゆうべ何度もかけたのよ」

「酔って寝てたんだ」

若い男の声が答えた。

「知ってるんでしょ、事件のこと」

と、洋子は訊いた。

「さくらのことか？　今朝――っていうか、十時過ぎだけど、テレビのニュースで見たよ」

「広士《ひろし》。あんた、昨日あのホールにいなかった？」

「何だよ、姉さん。俺がやったとでも思ってるの？」

と、不機嫌な声を出す。

「そうじゃないわよ。そうじゃないけど……」

洋子も少し口ごもって、「でも、あんたが以前さくらさんと付合ってたこと、知ってる人がいるでしょ、お友達とか」

「そりゃまあ……」

「もし、あの会場にいたのなら、変に隠さない方がいいと思って」

「俺は行ってないよ」

「本当ね？」

「ああ。嘘だと思ったら、竹内《たけうち》に訊いてくれ。俺、昨日は竹内と会って夜まで飲んでたんだから」

「竹内さんって、あの銀行に勤めてる？」

「そうさ。あいつはエリートだからな、俺と違って」

「何もそんなこと言ってないじゃないの。分ったわ」

と、洋子は言って、「あ、もうすぐお昼休みだわ。今夜、家に来る？」

「どうかな。成り行きだ。連絡するよ」

「分った。じゃあね」

そう言って、連絡して来たためしはない。しかし、今はこれ以上話していられなかった。

洋子が通話を切ると同時に、昼休みを告げるチャイムが廊下に鳴り渡った。

「刑事さんが？」

と、事務長の原口恒子が言った。

「はい。今話したんですけど、天本有里さんと、昨日の現場に行くと……」

と、洋子は言った。

「そうですか……。仕方ないわね。警察の方のご希望では」

と、恒子は席で肯いて、「でも一応先生に――」

「はい、もちろん担任の先生と、午後の授業の先生に許可をいただくように、とお願いしました。今、刑事さんは職員室に」

「分りました。ご苦労さま」

と言って、恒子は届けられたお弁当を手に取った。「三田さん、あなたもお昼、食べてらっしゃい」

「はい、失礼します」

洋子は席に戻ると、財布をポケットに入れて、足早に事務室を出て行った。

原口恒子はお弁当のふたを開けて食べ始めた。

お茶はペットボトル。――恒子が、この学校の事務に勤め始めたころは、お昼になると、急いで職員室の先生たちに熱いお茶をいれに行ったものだ。

今は新人でも、お茶くみなどしない。時代なのだ。

机に置いたケータイが短く音をたてた。メールの着信だ。

手に取って見た恒子の表情が、少し曇った。そして、ケータイを伏せて置くと、

「馬鹿げてるわ」

と呟《つぶや》いて、再び食べ始めたが、味は分らなかった……。

3　現　場

空っぽの劇場はとても寂しかった。

有里は、薄暗い客席の通路を、ゆっくりと舞台へ向って歩いて行った。

あのときの騒ぎの余韻が、まだその辺に反響しているような気がする。

「村上さん？」

振り向いたが、村上刑事の姿はなかった。

どこに行ったんだろ？

――お弁当を食べて、学校を出てから、村上は、

「実は僕も昼を食ってないんで、腹ペコなんだ」

と言って、有里と一緒に、このホールの近くでレストランに入った。

村上はアッという間にランチを平らげ、有里はお腹が一杯だったが、デザートを頼んで、おごってもらった。

二人は事件と関係のないおしゃべりを二十分くらいして、レストランを出た。有里も気軽に、

「村上さん」

と呼ぶようになったのだ。

そして今、有里はあの舞台を目の前にしている。すると、舞台にパッと照明が点いて、
有里は思わず声を上げそうになった。

「明りを点けてもらったよ」

村上が舞台へ出て来た。「上がっておいで」

「はい」

有里は、村上が差しのべた手をつかんで舞台に上った。

あのセットは、もちろんそのまま残っている。

「大丈夫かい?」

と、村上に訊《き》かれて、

「ええ」

と、有里は肯《うなず》いた。

「そのとき、君はどの辺にいたんだ?」

「そのセットの階段を上って行ったんです」

「そう。じゃ、上って行ってみてくれるか」

「はい」

と、少し階段を上って、「本当なら、この辺で、階段の上にさくらさんが現われるは

ずでした。でも、出て来ないので、私、仕方なくそのまま上って行って……」

「どの辺に？」

「もう上り切っちゃいそうで。──出て来なかったらどうしよう、って思ってました」

「そのときいた辺りまで上ってみてくれるかい？」

と、村上が下から言った。

「分りました」

有里は階段を上って行って、ピタリと止った。──階段に、まだ血痕《けっこん》が残っていたのだ。

そう。この段辺りで、私は足を止めた。そして、さくらさんが現われると、

「文乃さん……」

と、ひと言言って、こっちへ倒れて来たのだった。

「そんなに上の方まで上っていたんだね」

と、村上が言った。

「ええ。そのとき、階段の上に──」

と言いかけたとき、階段の上に、男がヌッと出て来た。

一瞬、有里はポカンとして突っ立っていた。

え？　どうしたの？　この人、誰？

相手も有里を見てびっくりしたようで、立ちすくんでいる。

一瞬の間の後、やっとびっくりした有里は、

「キャアッ！」

と叫んで、無意識に後ずさっていた。

しかし、階段で後ずさるのは至って危いと言わざるを得ない。

「あ……。あ……」

体のバランスが崩れた。一旦《いったん》崩れると、持ちこたえられない。

次の瞬間、有里の体は階段を転り落ちていたのである……。


いくら親子だからって……。

こんなことまで似なくていいよ！

有里は、おでこにできたこぶを、濡《ぬ》らしたハンカチで押えていた。

「大丈夫かい？」

と、村上が訊いた。

「ええ……。私、石頭なんで」

と、有里は言った。

ただし、こぶができたのは、母は頭の後ろだったが、有里はおでこだった。

有里たちはホールの事務室にいた。

「君は一体何だね」

と、村上はその男をにらみつけて、「大体どうしてここへ勝手に入り込んだんだ？」

「はあ……」

男は頭をかいて、「入っちゃいけないとは知らなかったものですから……」

「昨日の事件を知らないのか？」

「いや、もちろん知っています！」

と、男は言った。「昨日だって――」

そう言いかけて、あわてて口をつぐむ。

「おい。昨日、ここへ来てたのか？」

と、村上がにらみつけると、

「芝居を見に来たんですよ！　それぐらい構わないでしょう！」

と、男がむきになって言い返す。

その口調を聞いて、有里はふと男の顔を見つめた。

男はたぶん三十七、八というところか。少しくたびれた印象の、小太りな体つき。

当人以上にくたびれたジャンパーをはおっている。

「あ……」

有里は思い当って、「風宮さんの所にいた役者さんでしょ」

男はギョッとした様子で、

「どうして知ってる？」

「見たことあります。今度のお芝居の稽古《けいこ》してるとき、風宮さんとケンカしてた」

「それは……」

と、男は詰って、「まあ……確かに」

「じゃ君は役者か？」

「そうです。――金山悟《かなやまさとる》といって、以前風宮さんの劇団に……」

風宮は小さいながらも、自分の劇団を持っている。〈空洞〉という劇団名は、

「風がヒューヒュー吹いてるから、ってところかな」

と、説明していた。

「ずいぶん寂しい名ですね」

と、有里は言ったことがあるが、妻になっていたさくらが、

「いつも空っぽのお財布のことよ」

と笑っていたものだ。

「金山悟か。身分証は？」

「そんな物、持ってません。会社員じゃないんで」

そう言ってから、「そうだ」

と、ジャンパーのポケットを探ると、クシャクシャになった紙を取り出し、

「これ、今度出る舞台のチラシです。――ここに〈金山悟〉ってあるでしょ」

手作りの、安手なチラシである。

劇の題は〈男の一生〉。〈作・風宮悠二〉とあった。

「風宮さんの書いた劇？」

と、有里は言った。「聞いたことないけど」

「風宮さんの、ずっと昔の作品だ。〈女の一生〉のパロディで……」

「変なの」

と、有里はつい笑ってしまった。

「それで、昨日、劇を見に来たのか」

と、村上が訊く。

「ええ。実は、この〈男の一生〉をやるのに、風宮さんの許可を取ってなかったんです」

と、金山は言った。

「あ、それでケンカしてたんだ。風宮さんが『勝手なことをして！』って怒ってた」

「うん。——もちろん、悪いと分っちゃいたんだけど、何しろ払う金がなくて。上演して金ができたら払うからって……」

「呆《あき》れた」

「小さな劇団なんて、どこも苦しいんですよ。こんな上演、風宮さんは気が付かないだろうと思ってたら、どこかで耳にしたらしくて、怒ってたんで……」

金山はすっかり恐縮している様子だった。

「——今日はどうしてあんな所にいたんだ？」

と、村上が訊く。

「いや、あんな事件があって、本当にショックで……。役者ですから、ついフラフラと舞台裏に……」

何度も謝る金山に、村上も苦笑して、

「連絡が取れるようにしとけ」

と、ケータイ番号やアパートの住所を書かせた。

「もう帰っていいでしょうか」

「ああ。——その劇は上演するのか」

「そのつもりです。来ていただけるなら、チケット二千五百円です」

「そんな暇があるか」

「ま、それでも……。チラシ、置いていきますから。当日券もありますので」

と、宣伝しながら、あわてて出て行った。

「やれやれ……」

と、村上はため息をついて、「君、治療費を請求するかい？」

「いえ、いいですよ」

「じゃ、学校まで送ろう」

「すみません」

そこへ、金山がヒョイと顔を出すと、

「あの——今書いたアパート、僕の女友達の部屋なので。よろしく！」

と、早口で言って行ってしまった……。

舞台へ戻りながら、村上は呆れたように、

「——役者って、みんなああなのか？」

「みんな、ってわけじゃ……。でも、お金のない人、多いですよ」

有里も、風宮の劇に出ることになって、少しは、小さな劇団の台所事情も分るようになっていた。

そのとき、客席に入って来たのは——。

「風宮さん！」

「有里君か」

風宮悠二は、通路をやって来ると、

「刑事さんですね」

「村上です」

「ちょうど良かった」

風宮は舞台へ上って来ると、「有里君、学校は？」

「いや、僕が頼んで一緒に」

と、村上は説明した。

「何か分りましたか」

と、風宮は訊いた。

「いや、今のところは……。凶器を捜しているのですが、どこかで捨てたとも考えられるので」

「あ、風宮さん、今、金山って人が」

「金山？」

有里の話を聞いて、風宮は顔をしかめた。

「仕方のない奴だ！ 昨日見に来てたって？」

「そう言ってました」

「それなら、正面から入ってないだろう。タダで見ようとして、楽屋口から入ってる」

「あ、そうですね、きっと」

「ところで、刑事さん」

と、風宮は言った。「ここはいつから使えるでしょうか？」

「え？」

村上が当惑して、「使う、というのは……」

「劇の上演です。今度の〈夕暮姉妹〉は、十日間のチケットを売ってしまっています。昨日と今日で二日間のチケット代を、お客に払い戻さなくてはならない」

「待って下さい。じゃ、奥さんが殺されたのに、劇をやると？」

「もちろんです。それが役者ですから」

と、風宮は言った。「明日は休演日ですからいいのですが、明後日からは幕を開けたい。お願いします。それがさくらの望みでもあるはずです」

風宮の言葉には説得力があった。

もちろん、小さな劇団として、公演中止になれば経済的に大変だということもあるだろう。しかし、それだけではない、役者としての使命感が言葉にこもっていた。

「──分りました」

と、村上は肯いて、「明後日から使えるように、上司と話してみましょう」

「よろしく」

風宮は一礼して、「──有里君、大丈夫か？」

「はい。でも、さくらさんの代役は？」

「考えるよ」

「あの──もう母にはやらせないで下さいね」

と、有里は言った。

「はい、竹内です」

取り澄ました声が電話に出た。

「俺だ。三田だよ」

と、三田広士は言った。

「何だ。――おい、今仕事中だ」

と、竹内は声をひそめて、「話してられないんだ」

「分ってる」

と、広士は言った。「ケータイへさっきからかけてたんだが、お前、出ないから」

「銀行だぞ。私用電話なんかしちゃいられない」

「すぐすむ。昨日、俺はお前と会って、ずっと飲んでた」

「何だと？」

「そういうことにしてくれ。いいな」

「おい、待て」

竹内は周囲を気にしつつ、「何の話だ？」

「面倒に巻き込まれたくないから言ってるんだ。姉さんがそっちに訊こうとするかもしれない。そしたら昨日――」

「お前、例の事件のこと言ってるのか？　まさか――」

「そんなわけないだろ！　ただ、姉さんに説明するのが面倒でな」

「まあ、お前にあんなことやれるわけないがな」

「だろ？　よろしく頼む。お前の彼女のこと、黙っててやるから」

「全く……。分ったよ」

「邪魔したな」

――三田広士は通話を切って、ホッと息をついた。

姉の洋子が竹内にまで連絡するとは思えないが、念のため、ということがある。

竹内は同じ銀行の支店長の娘と深い仲なのだ。しかし、広士と違って、竹内には妻子がいる。

支店長にばれたらただではすまない。

「まあ、大丈夫だろう……」

広士は食べかけだったハンバーガーを食べてしまうと、表に出た。

曇って、風が冷たくなっていた。

盛り場ではあるが、まだ日は高い。ただ、すぐ近くに場外馬券売場があるので、人出はあった。

今は賭《か》けるほどの金がない。

「映画でも見るか」

と、ポケットに手を突っ込んで歩き出した広士は、脇見をしていて、人に突き当った。

「何だよ、気を付けろ！」

と、文句を言ったが――。

相手はコートをはおった女だった。そして、突き当られてフラッとよろけると、その場に倒れてしまった。広士は呆気《あっけ》に取られていた……。

4　仕事の話

「やあ、お待たせして」

そのレストランへ入って来た内山医師は、いかにもアメリカ帰りの、垢抜《あかぬ》けた雰囲気だった。

「いいえ、ついさっき来たところ」

と、天本幸代は言った。「文乃も一緒でいいんですか？」

「お母さん」

と、文乃は幸代をにらんで、「私が診察を受けたのよ」

「分ってるわよ」

「まあ、ともかく、僕もシャンパンをもらおう」

と、内山はテーブルに加わった。

昼前から、内山はＭＲＩを始め、色々な検査を受けた文乃だったが、

「夕方まで待ってもらえば、結果が今日中に分りますよ」

と、内山が言ってくれたので、母と娘二人で内山と夕食をとることになったのである。

「まあ、乾杯」

と、シャンパングラスを上げると、内山は一口飲んで、「――結果が出ました。文乃さんの頭、全く問題ありません。大丈夫です」

「まあ良かった！」

と、文乃は胸に手を当てる。

「まあ、大丈夫だとは思ってたけどね」

「何よ、お母さんが勧めたんじゃないの」

三人はメニューを受け取って開いた。

「――お孫さんは大丈夫ですか？」

と、内山が幸代に訊《き》いた。

「ええ。連絡してあります」

と、幸代は言った。「外で何か食べて帰るでしょう」

「申し訳なかったですね。――この〈コースB〉でどうでしょう？」

二人とも異存はなく、オーダーをすると、

「それと、料理に合せて、ワインをグラスで」

と、内山は言った。

内山はこの店によく来ているらしい。

「私も」

と、文乃と幸代が同時に言った。

事件の話になって、

「――殺されたのは、文乃さんの代役だったんですね」

と、内山は言った。

「そうなんです！　大変だったのよ」

文乃が説明して（少し大げさに）、「人殺しなんて……」

「いや、あなた方ご一家は、ユニークな方が揃っておいでですからね」

と、内山が言った。

「それって、私もですか？」

と、文乃は少し心外な様子。

「ユニークだと思っていないところがユニークです」

と、内山に言われて、何だかスッキリしない顔の文乃だった……。

――そして、三人は食事の間はほとんど話さなかったのだが、

「あ、いけない」

と、文乃は言った。「ワイン、飲んじゃった。車なのに」

「そうだったわね」

と、幸代は平然と、「じゃ、車は置いて行って、タクシーで帰りましょ」

「ああ、もったいない……」

文乃は口を尖《とが》らす。

「ところで」

と、内山が言った。「今日は僕のおごりですから」

「それじゃ悪いわ」

と、幸代が言った。

「いや、もちろんお宅に充分余裕がおありなのは承知しています」

と、内山が言った。「しかし、今夜は仕事の話があるんです」

「仕事？　誰の？」

と、幸代が訊くと、

「もちろん、あなたのです」

「私？　絵の注文？」

「そういうことになります」

「それは、あなた個人の依頼？　それとも……」

「K大学からの依頼です。ぜひ幸代さんに、と」

「それはまあ……」

「実は、今度K大病院の新しい棟が建つんです」

と、内山は言った。「今日、幸代さんにお会いすると言ったら、教授が、ぜひ頼んで来いと……」

「まあ、それは光栄なお話だけど、新しい棟って、どこに建つの？」

「目につかないので、お気付きでないでしょうが、もう建物自体は完成しています。今日、文乃さんが検査を受けた棟がありますね。その裏側に、間に中庭を挟んで建っているんです」

「まあ、そうなの」

「内装や、医療用の設備を運び込んだりするのは、これからですが、来年の春には使用を開始します」

「そうなの」

と、幸代はワインのグラスを空けると、「で、私に何を描けと？」

「建物の正面玄関を入ると、広いロビーがあります。いかにも病院といった印象にしたくないという上の方の意向で、子供が駆け回れるようなスペースにしたいのです」

「それはいいわね。病院って、入るだけで気が滅入《めい》るような所が多いもの」

「そうなんです。無用な緊張を強いるようでは、患者にも良くありませんからね」

「そこに私の絵を飾るの？」

「いいえ」

「それじゃ……」

「天本幸代さんに、ロビーの広い壁面一杯に壁画を描いていただきたいんです」

内山の言葉は、さすがに幸代をしばし絶句させた。

「――どうでしょう」

と、内山に問われて、

「ちょっと……ちょっと待って」

幸代は水を一口飲むと、「壁画ですって？」

「そうです。ぜひ幸代さんにお願いしたくて。むろん、正式には大学のトップが顔を揃えてお願いに上りますが」

「待ってちょうだい。――あのね、私をいくつだと思ってるの？　七十を二つも過ぎてるのよ」

と、幸代は言った。「もちろん、まだ描き続ける元気はあるつもりですよ。でも、壁画なんて、そう簡単に……」

「もちろん、今すぐご返事いただかなくてもいいんです」

デザートが来て、幸代は黙って食べていたが、コーヒーになると、

「内山さん」

「はい？」

「これから、その新しい棟を見せてくれない？」

「今からですか？」

「ええ。壁の広さや高さを見ないと、どれくらいのものになるか、見当がつかないわ」

「なるほど」

「でも、引き受けたわけじゃないのよ。一度現場を見せてもらって、それから考えるわ」

「分りました。じゃ、ご案内しましょう」

内山はケータイを取り出して、席を立って行った。

「――お母さん」

と、文乃が言った。「大丈夫なの？　無理しない方が……」

「場所を見てからよ、考えるのは」

と、幸代は言った。

少しして内山が戻って来ると、

「建物に入れるようにしてもらいました。照明は仮のものですが」

「結構よ。この目で見られれば」

幸代の言葉には、おそらく自分でも気付かずに、力がこもっていた。


「足下に気を付けて下さい」

と、内山が言った。

工事中の建物特有の、塗料やシンナーの臭い、そして少し埃《ほこり》っぽい空気。

ロビーは暗がりに沈んでいた。

「今、明りを点《つ》けます」

と、内山が言って、傍のパネルの方へと歩いて行った。

少し間があって、明りが点いた。

工事現場用の仮設の照明だったが、ロビーの予想外に広い空間を照らすには充分だった。そして――片側一杯に奥まで続く白い壁面が、照明を受けて広がった。

「まさか……」

と、文乃が言った。「この壁？」

奥行は三十メートルはあるだろう。高さは三メートル以上。

幸代はしばらくじっとその白い壁を見上げていた。

「――どうですか」

と、内山がやって来ると言った。「もちろん、この壁面全部に描いていただかなくてもいいんです。ただ、ここに入って来た患者さんを包み込むようなものにしたいと思っていまして――」

「内山さん」

と、幸代が遮った。

「はあ」

「今、この壁面全部に描かなくてもいいと言ったわね」

「ええ」

「でも――壁面全部に描いてもいいのよね？」

「お母さん……」

文乃が目を丸くする。「無茶よ！」

「もちろん、描いていただけるのなら、ありがたいです」

と、内山が肯《うなず》く。

幸代はゆっくりと、その壁に沿って歩いて行った。

白い壁を見上げるその視線で、見ている文乃には分った。――今、母の見る白い壁にはすでに絵が描かれているのだと。

自然だろうか。それとも動物か、子供たちか。――ともかく湧き上るイメージが、幸代の目にはスクリーンに写し出すように、見えているのだ。

「――やるのね」

と、文乃は諦《あきら》めの口調で言った。

「やらせてもらうわ」

「ありがとうございます！」

「少し時間をちょうだい。考えをまとめるから」

「もちろんです」

幸代はもう一度、白い壁を見ると、

「文乃、帰るわよ」

と促した。

「病院の車でお送りしますよ」

と、内山が言った。「せめてそれぐらいはさせて下さい」

「じゃ、お言葉に甘えるわ」

と、幸代は言った。

内山が明りを消し、三人は暗い中庭を抜けて、隣の病棟へと入って行った。

「すぐに車の用意を」

と、内山が駆けて行く。

「――お母さん、大丈夫なの？」

と、文乃が言った。「言ってもむだだろうけど」

「むだよ」

「でしょうね」

「文乃。――私、はっきり感じたの」

「何を？」

「あの壁が私を待ってる、って」

と、幸代が言うと、文乃は首を振って、

「芸術家の言うことは……」

と呟《つぶや》いたのだった。

5　千秋楽

「お母さんに『ただいま』を言うのは当り前じゃないの」

そう言って、セットの階段を上りかけた有里は、また胸がキュッと痛むのを覚えた。

母親役の女優が、ちゃんと階段の上に現われるだろうか？　また背中を刺されて倒れて来るんじゃないか。

風宮さくらが殺された、あの瞬間がよみがえって来て、有里は一瞬息を詰めるのだった。

だが——母親は元気に姿を現わし、

「お帰りなさい！」

と、両手を広げた。「待ってたのよ！」

「ただいま、お母さん」

ホッとして、有里は「母親」の腕に抱かれた。

ああ……。もう、この場面もこれで最後なんだ。

そう思った有里は、次のセリフを忘れてしまった。一瞬、焦ったが、すぐ思い出して芝居を続けることができた。

──危い危い。

他のことに気を取られると、セリフがどこかへ飛んで行ってしまう。

初めの出番が終って袖《そで》に引っ込むと、風宮が立っていた。有里を見るとニヤリと笑って、

「セリフ、忘れたろう」

「ばれてた？」

と、小さく舌を出して、「これで最後と思うと、つい……」

「いいんだよ。当り前だ。君はプロの役者じゃないんだから」

そう言われるのも、有里としてはいささか心外だったが。

「ともかく、よくやってくれた」

と、風宮が有里の肩をギュッとつかんで、「さくらも喜んでるよ」

と言ってくれたので、胸が一杯になってしまった。

舞台〈夕暮姉妹〉は、今日千秋楽を迎えた。

さくらが殺される事件があって、十日間の公演の内、初めの二日が中止になったものの、残る八日は無事に上演できたのだ。

今日はその最後の日。

有里は平日夜の公演には、学校が終ってから駆けつけて参加したが、今日はマチネ（昼公演）だった。本当なら学校があるが、そこは私立校のいいところで、午前中で早

退することが認められた。

「では行くか」

風宮――もちろん主役である――が舞台へ出て行った。

有里はスタッフからタオルをもらって汗を軽く叩《たた》くようにして拭《ふ》いた。

有里は主役級の役ではないので、この後、しばらく出番はない。しかし、たいていずっと袖にいて、芝居を眺めていた。

特に今日は最後だ。他の役者たちも、心なしかテンションが上がっているように見えた。

肩に軽く置かれる手を感じて振り向くと、色白の笑顔があった。

「あ、クレアさん」

「ご苦労さま。大変だったわね」

「でも、まだセリフありますから」

「大丈夫。有里ちゃんは役者向きよ」

「クレアさん……」

と言いかけて、有里は口をつぐんだ。

今言うことではないと思ったのだ。

小倉《おぐら》クレアは日本人の母親と北欧スウェーデン人の父親の間に生まれた。今、二十四歳。

風宮の劇団〈空洞〉の団員の中では一番名を知られている。おそらく風宮以上に。整った美形、華やかな雰囲気。

クレアに目をつけたテレビ局のプロデューサーが、あるドラマで、病気降板した女優の代役にクレアを起用して、話題になっていたのだ。

クレアには、今、いくつも出演のオファーが来ているらしかった。

風宮は、ともかく目の前の舞台のことで手一杯だったが、団員たちの間では、

「クレアが退団するらしい」

という噂が広がっていた。

今、有里はつい、

「クレアさん、辞めるんですか？」

と訊《き》きそうになったのだ。

しかし、有里は団員でもないし、今はまだ舞台の途中だ。そんなことを口にすべきではないと思い直した。

クレアの方は、有里の言いたいことを分っているような、いないような……。いつものクールな表情を崩すことなく、

「さ、出番だわ」

と、元気よく舞台へ出て行った。

カーテンコール。

それも千秋楽の。――有里の初めて味わう感動だった。

演劇部での公演はせいぜい二日。それも、一年生は雑用もこなさなくてはならない。

役者として迎えるカーテンコールは、胸を熱くした。

これがあるから、役者はやめられないんだろうな、と思った。

カーテンコールは五回に及び、やっと客が帰り始めた。

「――お疲れさん」

と、風宮が汗で顔を光らせながら言った。「今回は色んなことがあったが、みんなよくやってくれた」

拍手が起った。風宮は涙を拭《ぬぐ》って、

「これからのことは、今夜ゆっくり考える。ともかく今日はみんなよく休んでくれ。それから――」

と、有里の方へ、「応援出演してくれた天本有里君。ありがとう」

「いいえ。すてきな体験でした」

礼を言う有里に、一段と大きな拍手が来た。

有里が楽屋へ戻ろうとすると、

「やあ」

「あ、村上さん」

村上刑事がやって来たのだ。「見に来てくれたんですか」

「うん。今日までと聞いてたんでね」

「ありがとう」

風宮が気付いて、

「村上さん。――劇場を使わせてくれて、どうも」

「いや、お役に立って……」

と言ってから、「実はちょっとお話が。後で時間をいただけますか？」

「もちろんです。ではホールの出口の辺りで」

と、風宮は言った。

有里は楽屋で手早くメイクを落とし、着替えをすませると、

「お世話になりました」

と、他の団員たちへ礼を言って、楽屋を出た。

ホールを出た所で、村上刑事が手持ちぶさたに立っていた。

「村上さん」

「ああ、早いね」

「風宮さんはもう少しかかりますよ。お祝いとか挨拶《あいさつ》に、楽屋へ来る人が大勢いますから」

「そうか。その辺でお茶でも飲むか。どうだい？」

「じゃ、そこの〈S〉で。窓際のカウンター席に座ってれば、風宮さんの出て来るのも見えるし」

「そうしよう。君、僕と話したかったんだろ?」

「あ、ばれてた?」

と、有里は笑って、「私だって、事件と関係あるんだし、いいでしょ? 愛の告白はしないから安心して」

二人は〈S〉で表に向いている窓際の椅子に並んでかけて、コーヒーを飲んだ。

「何か分ったんですか?」

と、有里は訊いた。

「凶器らしいナイフが見付かったんだ」

「どこで?」

「このホールの裏手から百メートルほどの公園の池の中からね。池に子供がボールを落として、それを見ていた幼稚園の先生が拾おうとして、底に落ちてるナイフに気付いたんだ」

「確かに凶器?」

「今、ナイフの刃に残った血痕《けっこん》を調べている。水の中だったので、わずかしか付いていないが、今の技術なら判別できる」

村上は上着の内ポケットから写真を取り出すと、「見憶《みおぼ》えあるかい?」

どこにでもありそうな、折りたたみのナイフだ。

「身近な人が持ってるのは見たことない」

と、有里は言った。「でも、これ……」

「ああ。どこででも売ってるナイフだ。特別大型でもないし、刃渡りも長くない。どこで売った品か調べるのは容易じゃないだろうな」

「指紋は？」

「調べてるが、指紋までは検出できないだろうね」

そのとき、ホールから小倉クレアが出て来た。空模様を確かめるように見上げて、迷っている様子だったが、道を渡って有里たちのいる店へとやって来た。

「見たことがあるようだ」

と、村上は言った。「さっき舞台で――」

「ええ、出てました。テレビにも出てて、今、話題になってるんですよ。小倉クレア」

クレアが店に入って来ると、中を見回して、有里に気付いた。

「あら、有里ちゃん」

「お疲れさまです」

と、有里は言った。「今日、打上げ、ないんですか？」

「貧乏劇団だけど、一応今夜居酒屋に集まるみたいよ」

と、クレアは言って、「隣でもいい？」

「ええ、もちろん」

クレアは有里の隣の椅子にバッグを置くと、コーヒーを買って来た。

「どこかでお会いしました？」

と、クレアが村上を見て言った。

「刑事さんです、村上さん」

「あ、そうか。調べに来てるの、見てたわ」

「どうも」

劇団の一人一人に話を聞いていたわけではないので、村上の方はクレアに気付いていなかったのだ。

「もう犯人、分ったんですか？」

と、クレアがコーヒーを一口飲んでから訊いた。

「いや、残念だが、まだね……」

「そう。――捜査って、やっぱり動機からですよね」

「というと？」

「その人を殺したかった人間、その人を殺して得をする人間。――それが分れば」

「まあ、確かにね。しかし、風宮さくらさんに、そういう敵がいたかどうか……」

「そうですね。なかなか、みんな本音は言わないですよね。色々あっても」

「小倉君――だっけ？　何か心当りが？」

「クレアって呼んで下さい。特に恨んでる人って思い当らないけど、やっぱり風宮さん、もてるし、さくらさんは十歳近く年下でしょ。色々あったと思いますよ」

クレアが当り前のようにしゃべっているので、有里はびっくりした。

クレアは急に有里の方へ、

「村上さんと親しいの？」

と訊いた。

「え？　いえ——親しい、ってわけでも」

「でも、とってもいい感じよ」

からかっているのか本気なのか、よく分らない。

「十六の女の子を相手にしたら犯罪だ」

と、村上は笑って、「しかし、いい相棒ってところかな」

有里は、ますます照れてしまった。

「クレアさん……。風宮さんを待ってるんですか？」

「うん。ちょっと相談があって」

と、クレアは肯《うなず》いた。

「クレアさん……。辞めるんですか？」

と、有里は訊いた。

「噂になってる？」

「ええ、団員の中で」

クレアは答えなかった。――その話で、風宮を待っているのだろう、と有里は思った。

「風宮さんと話したんだけど――」

と、クレアが言いかけたときだった。

表からクレアたちの方を見ている男がいた。それに気付いたクレアがハッとして、

「いやだ！　こんな所に――」

「どうしたんですか？」

と、有里が訊く間に、その男がクレアに気付いて、店の中へ入って来ると、

「見付けたぞ！」

と、大股《おおまた》に近付いて来た。「もう逃さないぞ！」

見たところ、そう若くはない。おそらく四十代だろう。背広にネクタイで、サラリーマン風ではあるが、ネクタイは曲っていて、どこか荒《すさ》んだ感じだ。

「逃さない、って何よ」

と、クレアが言い返した。「私は女優よ。劇場に来ればちゃんといるわ」

「うるさい！　一緒に来い！」

「お断りよ」

クレアは男がカッとなっても、逆に冷静になるようで、「言ったでしょ。もう終りだって。あなたも子供じゃないんだから、いい加減、目を覚ましてよ」

男の方はますます興奮しているようで、

「大人を馬鹿にしやがって！」

有里は、クレアの隣に座っていたので、男が右手をズボンのポケットへ入れて、モゾモゾと何かを探っているのに気付いた。

村上からナイフのことを聞いたばかりだったせいもあるが——まさか。

しかし、本当に男はナイフを取り出したのである。工作などに使うカッターナイフだったが、ともかくそれをクレアに向って——。

有里はとっさに飲みかけのコーヒーカップをつかんで、男の顔へコーヒーを叩きつけるようにかけてやった。

コーヒーがみごとに男の顔にかかり、目に入った。

一瞬、男の動きが止った。村上が椅子から下りて男に向ってぶつかって行った。

さすがに刑事で、アッという間に男の腕をねじ上げて、カッターナイフを取り上げると、

「おい！　誰か一一〇番してくれ！」

と、店の人間へと呼びかけた。

立ち上っていたクレアがやっと青くなると、

「有里ちゃん……。ありがとう！」

と言って、カウンターにつかまった。

6 夜にさまよう

夜にならなくても寂しい所だが、海鳴町の天本家の前にパトカーが停るのは、さすがに珍しく、びっくりした文乃が飛び出して来たのも当然だろう。

「有里!」

「ただいま」

と、有里はパトカーから降りて言った。

「有里、あんた、何したの?」

「お母さん! 私が一度でも警察のご厄介になるようなことした?」

「だって……」

「いや、有里さんは事件を防いでくれたんですよ」

と、村上刑事が助手席から降りて来て、「全く、大した娘さんです」

「まあ、それならいいんですけど……」

「もう少し、自分の娘を信用してよ」

と、有里は文句を言った。

「夜になってしまったので、送って来たんです」

と、村上は言った。

すると、玄関から、

「どうしたの？」

と、祖母、幸代が出て来た。

「あ、お祖母《ばあ》ちゃん……」

有里はチラッと村上を見た。

村上はサッと頬を赤く染めて、

「天本幸代さんでいらっしゃいますか！」

と、声を震わせた。

「さようですが……」

と、幸代がふしぎそうに、「どこかでお目にかかりましたか？」

「私……私は、天本幸代先生の絵の大ファンでして……」

完全に刑事という立場を忘れている。──有里は祖母へ、

「この人、中へ入れてあげて。感激で気絶しちゃうかもしれないけど」

と言った……。

「いや、お恥ずかしい」

村上はまだ汗をかいていた。「警察官として、かくも見苦しい姿を……」

「いいじゃありませんか」

と、幸代は笑って、「刑事さんも画家も、普通の人間ですわ。さ、紅茶を一口」

「恐縮です」

ティーカップを持つ手も震えている。

「お母さん、私、お腹空いて死にそう」

と、有里は訴えた。

「あ、そうね。忘れてた」

と、文乃は言って、「電子レンジであっためるだけだから」

「私はもう失礼いたします」

と、村上は一礼した。「お邪魔してしまいまして……」

「あら、せっかくおいでになったんですから」

と、幸代は言った。「アトリエにご案内しましょう。有里、ご飯、食べてなさい」

「あ……。でも……」

お腹は空いていたが、村上がどういう状態（？）になるか、見たい気持もあった。

「お母さん、用意しといて！　私も一緒に行く！」

呆気《あっけ》に取られている文乃を置いて、幸代と有里は村上をアトリエへと案内した。

「はあ……。ここが……」

村上はすっかり舞い上がっている。深呼吸すると、

「いや、アトリエの空気が、神聖なものに感じられます！」

「まあ、どうも」

幸代は、この一風変ったファンを面白がっている様子で、「いつもこんな風にゴチャゴチャなんですよ」

「いや、この混沌《こんとん》の中からあの類《たぐい》まれな芸術が生まれるのですね」

描きかけの油絵などをじっと見つめて、「天本幸代さんの筆づかいを、こんな間近で見られるとは……。胸が一杯です」

と言った村上だったが、ちょうどお腹がグーッと鳴ってしまった。

「胸は一杯でも、お腹は一杯じゃないみたいね」

と、有里はからかった。

「有里、失礼なこと言わないの。村上さんとおっしゃったかしら？　よろしかったら、有里と一緒に食事されていっては？」

幸代にすすめられて、村上はまた汗をかいていた。そして……。

「いや、恐縮です。図々《ずうずう》しく……」

と言いながら、村上は有里と夕飯を食べている。

食事を先にすませた幸代と文乃は、一緒にお茶を飲んでいた。

「女ばかりの家ですからね。刑事さんと親しくさせていただいておくと、何かのときに

守っていただけるかも」

と、幸代が言った。

「何かあれば、いつでも飛んで参ります!」

と、村上は言った。

「ご存じかもしれませんが」

と、幸代が言った。「私は結婚せずに、この文乃を産みました。文乃は二十二のときに結婚して、この有里が生まれましたが、離婚して」

「お母さん、そんなことまでいちいち……」

と、文乃が渋い顔をしている。

「いいじゃないの。隠すようなことでもないでしょ」

「だって……」

「文乃さんは、風宮悠二さんと、古いお知り合いとか……」

「ええ。——高校で一緒でした。風宮さんはもう高校生のころから、勉強なんかそっちのけで、演劇ばかりやってました」

と、文乃は言った。「私も一応演劇部に入ってたんですけど……」

「有里君がその血を受け継いでいるんでしょうか」

「プロの役者は大変」

と、有里は言った。「そこまでのめり込むことはないと思うわ」

そのとき、ケータイの鳴る音がして、

「失礼します」

と、村上が席を立って、玄関の方へ出て行く。

「――絵を解する刑事さんって珍しいんじゃない？」

と、文乃が言った。

「ご自分でも描かれるのよ」

と、幸代は言った。「指先に色が。落ちていないわ。爪にも付いてる」

「こんな所で、のんびりしてていいのかしら？　早くさくらさんを殺した犯人を見付けてほしいわ」

と、文乃は言った。

「――申し訳ありません」

村上が戻って来ると、「事件が起って、戻らなくてはならなくなりました」

「じゃあ、タクシーを」

と、幸代が言った。「文乃、呼んであげて」

村上は、ここで食事することになったので、パトカーを先に帰していた。

「すみません、中途で失礼を」

「いいえ、お仕事ご苦労さま」

「何か分ったんですか？」

と、有里が訊《き》いた。

「いや、同じような刃物での殺人があった、とだけ。たぶん関係ないだろうが、念のために呼ばれたんだ」

「殺人？」

「うん、そうらしい。——また何か分りましたら、ご連絡いたします」

と、村上は幸代へ深々と頭を下げた。

村上刑事がタクシーで行ってしまうと、

「有里」

と、母、文乃が眉《まゆ》をひそめて、「危いことに首を突っ込まないでよ」

「何もしてないよ」

「だって、ナイフを持った男を……」

「ああ、クレアさんに切りつけようとした人のこと？　どうってことないよ。コーヒー、ぶっかけてやっただけ」

「充分危いでしょ！」

——家の中へ戻ると、祖母の幸代が、

「文乃、お風呂《ふろ》は夜中に入るから、先に入って寝て」

「お母さん、あんまり根つめないでよ」

と、文乃はため息をついた。

幸代は何も言わずにアトリエの方へ行ってしまった。

「お祖母ちゃん、集中してるね」

と、有里は言った。「新作にかかってるの？」

「え？　ああ、言ってなかったわね。有里は有里で、お芝居に夢中だったでしょ」

文乃は、食卓を片付けながら言った。

「何の仕事？」

「壁画」

「壁画？」

「それも三十メートル」

「へえ！」

有里もさすがに目を丸くした。「それで集中してんだ」

幸代は絵にとりかかると、他のことが一切目に入らなくなる。この家ではその状態を「集中する」と呼んでいる。

「有里、先にお風呂に入る？」

「どっちでもいいけど。じゃ、入るよ」

バスルームへ行って、バスタブにお湯を入れ、二階の自分の部屋へと上って行った。

着替えを出していると、ケータイが鳴った。

「——有里君か、今日はありがとう」

風宮からだった。

「いえ、別に……」

「クレアが危かったのを助けてくれたそうだね。彼女から聞いた。礼を言うよ」

クレアに切りつけようとした男——武田《たけだ》とかいったらしい——を取り押える騒ぎのせいで、村上刑事は風宮と話ができなかったのだ。

「あの刑事さんからは、電話をもらった」

と、風宮が言った。「ナイフが見付かったそうだが、僕は見憶《みおぼ》えがないよ」

「私もです。——どこからかけてるんですか?」

と、有里は訊いた。

「ああ、やかましくてごめん。一応、芝居の打上げをやってるんだ。君も出てくれたらと思ったが、お酒も飲めないしね」

「そうですね。でも、良かったですね、無事に終って」

「まあ……無事とも言えないがね」

と、風宮は言った。「今夜、帰って、ゆっくりさくらに報告するよ」

すると、

「何してるの? いらっしゃいよ!」

という女の声が電話の向うで聞こえた。

「すぐ行く」

と、風宮は言って、「じゃ、有里君、学校の演劇部のことは、改めて連絡するよ」

「よろしくお願いします」

言い終らない内に切れていた。

風宮を呼びに来た、あの声は、間違いなくクレアだ。

団員にとって、風宮は「先生」である。でも、クレアの言い方は、どう考えても「それ以上」のものだった。

有里は複雑な気分だった。――もちろん、有里が口を出すことではないが。

「お風呂だ」

と、ちょっと肩をすくめると、有里は着替えをつかんで部屋を出た。


あれは……。

三田洋子はタクシーを停めようとして、左右へ目をやっているとき、足早に通りを渡って行く女性に目をとめた。

あれって……もしかして事務長さんじゃないかしら。

「でも……まさか」

興津山学園の事務室で働いている三田洋子としては、毎日見ている姿である。事務長の原口恒子の体つきや歩き方も一目で分る。

後ろ姿も、確かに原口恒子のようだったが……。

三田洋子は少し迷っていた。

もし原口恒子だったとしても、気にするようなことではないかもしれない。今年五十歳になった原口恒子は独身の一人暮し。ゴルフ好きで、元気そのものである。

夜遅くにどこを歩いていたって構わないようなものだが……。

しかし、もしあれが原口恒子なら、身なりがあまりにいつもと違う。

あんな真っ赤なスーツやら、ハイヒールなんか、決して身につけない。

ほとんど意識しない内に、洋子は原口恒子らしき女性を追いかけていた。

その女性が、この辺りでも一番評判の良くない盛り場へと入って行ったからである。

見失わないように、洋子はできるだけ近くへと足を速めた。——間違いない。

原口恒子だ。一体どこへ行くのだろう？　しかも、あんな格好で。

角を曲るとき、チラッとその横顔が見えた。——いつもまるで化粧っ気のない恒子が、化粧をして、真っ赤な口紅をつけている。

「普通じゃない……」

追いかけながら、洋子は思わず呟《つぶや》いた。

ふっと、恒子の姿が消えた。

「え？　——どこ？」

洋子は足を止めて、キョロキョロと左右を見回した。

「いらっしゃいませ！　お待ちしておりました、太田様《おおた》！」

甲高い声に振り向くと、地下へ下りる階段の所で、恒子が二人の黒服の男に迎えられていた。

「いつもありがとうございます！　きっと今夜辺り、おいで下さるんじゃないかって、みんなで話しておりました！」

「このところ忙しくてね」

と、恒子が言った。「席はある？」

「もちろんですとも！　太田様のお席なら、いつだってご用意しております！」

「あの子は今日来てる？」

「ミシェルでございますね。はい、もちろんです！」

二人の男に案内されて、恒子は階段を下りて行った。

「まさか……」

洋子はその階段の下り口まで行って下を覗《のぞ》いた。——赤青や紫の怪しげな照明がチラチラと見えている。

「ここって……」

表には小さなパネル一つ。——〈ホストクラブ〉だ。

「事務長さんが……」

もちろん、ホストクラブへ行っても構わないようなものだが、学園の事務長の給料は特別高給ではない。

しかも、今の男たちの様子では、「太田」という名で、しばしばここへ来ているらしい……。

こういう場所が、普通のバーのような料金ですまないということぐらい、洋子だって想像がつく。

男の一人が階段を上って来たので、洋子はあわててその場を離れた。

ともかく、少しでも遠くへ。――見てしまったものが怖くて、洋子は逃げ出してしまったのである。

目の前に誰かが立ちはだかって、洋子はギョッとして足を止めた。

「何か用かい？」

薄暗い道だった。

「あ……。ごめんなさい。――いや、行き止りの路地みたいな所へ入ってしまっていた。

洋子はあわてて戻ろうとしたが、そっちにも男が立って行く手をふさいでいた。

「何だ、この女？」

「怪しいな。刑事か？」

どう見てもヤクザという男たちだ。

「とんでもない！　私、本当に――」

と、洋子は必死で言った。

「そうかい？　いやに落ちついてるじゃねえか」

男がからかうように言った。

もちろん、洋子が怯《おび》えていることを笑っているのだ。

「ごめんなさい。私、本当に間違えて——」

「やっぱり刑事じゃねえのか？」

「いえ……。私、教師です」

「教師？　学校の先生か。そいつは大変だ。悪いことしてるのを見たら放っちゃおけない。そうだろ？　やっぱりこのまま帰すわけにはいかねえな」

男たちが前後から近付いて来て、男の酒くさい息、体臭まで感じられて、洋子は鳥肌が立った。

「よく見ると、なかなか美人だぜ」

「おい、失礼だろ、そんな言い方。よく見なくたって、俺は初めから美人だと思ってた」

「じゃ、もっとよく見せてもらおうか、この服の下も」

膝《ひざ》が震えた。とても叫んだりする気力はない。

「やめて下さい……。ごめんなさい……」

腕をぐいとつかまれる。とても振り離すことなどできない力だった。

「なあに、そこのボロ家で、ほんの二十分も付合ってくれりゃそれでいいんだ」

「お願い……。許して下さい……」

引っ張られて、洋子はよろけながら引きずられて行った。

「お願い……。お願い……」

と、口の中で呟くことしかできない。

そのとき、

「何してるんだ」

よく通る声が、闇の中に響いた。

男たちが突然ハッとして、直立不動の姿勢になった。

「何でもありません」

「その女は？」

「この辺りをうろついてやがったんで、ちょっと痛い目に……」

わずかな明りの中、スーツにネクタイをしたビジネスマン風の男がやって来ると、

「あんたは何だ」

「私……道に迷って。学校の教師です」

と、洋子は言った。

「こんな所へ近寄らないことだ。——おい、放してやれ」

「はあ……」

腕をつかんでいた手が離れると、洋子はよろけて、目の前の男によりかかっていた。

「しっかりしろ。歩けるか？」

「じゃ、早く行きなさい。ここでのことは忘れるんだ」

「はい……」

「ありがとうございます……」

洋子はやっとの思いで歩き出した。駆け出したかったが、そんな元気はなかった。

「──そこを右へ行けば駅だ」

と、あの男の声が言った。「間違えるなよ」

「はい……。ありがとう……」

口の中で呟くように言って、言われた通りに曲ると、やっと小走りになった。

目の前に明るい駅前の光景が広がって、ホッと息をつく。

助かった……。

今になって、汗がこめかみを伝い落ちて行った。

あの男が来てくれなかったら、今ごろどうなっていたか、想像するのも恐ろしかった。

あのスーツにネクタイの男は何者だろう？　──薄暗い中で、顔もはっきりは見えなかったが、物事に動じない貫禄《かんろく》のようなものが感じられた。

もう……もう忘れよう。

洋子は駅の方へと歩き出して、原口恒子のことは頭から消えてしまっていた……。

7　不機嫌な女

興津山学園の生徒たちが、一日の授業が終ったときにまずすること。

それは一人の例外もなく――ケータイの電源を入れることだった。

たいていの子が電車通学だから、万一を考えてケータイを持って来ることは認められているが、特別な事情のない限り、終業までは電源を切っておかねばならない。

「さようなら！」

と、最後の授業の先生に言い終るより早く、みんなケータイを取り出している。

有里も、それほど焦りはしないが、一応電源を入れた。それから、

「真奈、演劇部の打合せ、どうなってる？」

と、同じクラスの城所真奈へ訊《き》いた。

「お昼休みには、まだ分んないって言ってたよ。帰りに声かけて、って」

「分った。じゃ、一緒に行こう」

本当なら今日、演劇部の顧問の風宮が来校して打合せすることになっているのだが、
風宮から、

「警察に呼ばれているから、予定が立たない」

という連絡があったのである。

有里と真奈は教室を出た。

「――あれ？」

有里はケータイに何度も着信があったのを見て、「何だろう？」

「誰から？」

「登録してない番号。――もしもし？」

かけてみると、

「天本さん？」

と、何だかぶっきらぼうな女の声。

「クレアさんですか？」

小倉クレアだ。「電話もらったみたいで――」

「あなたじゃないの？」

「え？」

「助けてくれたことはありがたいけど」

「待って下さい。何の話ですか？」

「私と、あの武田のこと、テレビ局にしゃべらなかった？」

まるで決めつけているような口調に、有里はムッとした。

「そんなことしません。どうして——」

「誰かがプロデューサーに知らせたのよ。あの場の写真まで撮って」

と、クレアは言った。「ちょっともめて。何とか予定通り出演することになったんだけど……」

「私、そんなことしません。そんなことするほど暇じゃありませんよ！」

有里の口調に、真奈がびっくりして足を止めた。

「——それならいいけど」

と、クレアは信じているとも思えない口調で、「ともかく、誰にも言わないでね、あのこと」

「言いませんよ、そんな……」

切れてしまった。——有里は腹が立って、

「何よ、勝手言って！」

「どうしたの？」

真奈には事件のことを話したが、お互い口が堅いことはよく知っている。

「——それ、きっと同じ店にいた人がやったんだよ」

「ねえ。私、写真撮るどころじゃなかったんだから」

ケータイカッカしながら演劇部の部室へ行ってみると、先輩から、

「風宮さん、今日は無理だって。つい今しがた連絡あったの。明日の放課後、大丈夫？」

「はい」

——やれやれ。

真奈と二人、帰りが早くなったので、

「何か甘いもの食べて帰ろう」

ということになった。

靴をはき替えていると、

「あの……すみません」

と、声がした。

見れば、ここの制服と違うブレザーの女の子が立っている。

「事務室ってどこでしょうか」

「事務室？　誰にご用？」

「あの……原口さんという方に」

「事務長さんね。あなた……」

「転校生です。永田《ながた》エリといいます」

真ん丸な顔をした、可愛い子だ。

「高校生？」

「高一です」

「じゃ、同じだ。——案内してあげる」

「すみません」

ホッとした様子で、「すてきな校舎ですね」

「そう？　そんなこと言われるとびっくりしちゃうわ」

有里と真奈は永田エリという子を事務室へと連れて行った。すると、ちょうど廊下を
三田洋子がやって来た。

「あ、洋子さん」

と、有里は声をかけた。「この子、転校生ですって」

「ああ……。永田さん……だっけ？」

「はい。永田エリです」

「聞いてるわ。事務長さんから、きっとお話が――」

と、洋子が言いかけたとき、事務室のドアが開いて、事務長の原口恒子が出て来た。

一瞬、有里の目にはなぜか洋子が原口恒子から目をそらしたように見えた。

「事務長さんよ」

と、有里が言って、洋子はやっと普通の様子に戻ると、

「永田エリさんです」

と言った。

「ああ、いらっしゃい」

と、恒子はにこやかに、「待ってたわ。入って、少し待っててね。すぐ戻るから」

「分りました」

「三田さん、学園の校則を渡してあげて」

「はい」

恒子が急ぎ足で立ち去ると、「――じゃ、入って」

と、洋子は永田エリを促した。

「失礼します」

有里と真奈は玄関の方へと戻って行ったが――。

「おかしかったね」

と、有里が言った。「洋子さん、変だったでしょ」

「ああ……。事務長さんが出て来たとき、ハッとしてたね」

「ねえ。顔合せたくないみたいだった」

「何かあったんじゃない？」

と、真奈は大して気にしていないようで、「原口さんって、結構ワンマンだって」

「そうなの？」

「うちのお母さんが言ってたよ。ろくに職員会議とかにかけないで、大事なこと、勝手に決めちゃったりするって」

「そうか。真奈のお母さん、理事会の役員だものね」

「理事会でも、原口さんに注意した方がいいんじゃないかって声があったらしいけど、結局……」

「うやむやに?」

「原口さんって、今の理事長の親戚《しんせき》か何からしいの。それで、言いにくいみたいだね」

私立校では、そういう類《たぐい》の話がよくある、と聞いたことがあった。しかし、生徒が口を出すことではない。

「さあ、帰ろう」

靴をはき替えると、有里は真奈を促して校舎を出た……。


天本文乃は、ショッピングモールをのんびりと歩いていた。

よく来るので、中の店にも詳しい。

「今日はどうしよう」

と呟《つぶや》きながら、足はすでにお気に入りの甘味の店に向いている。

「甘いものばっかり食べちゃだめよ」

と、母、幸代から言われているのだが、

「でも、今日はエネルギー使ったから……」

自分に言いわけしている。

この〈Mモール〉の中にあるスポーツジムに通って、泳いでいるのである。——自分でもスポーツが苦手と分っているので、プールで泳いだり、水の中を歩いたり、という運動だけを続けている。

「今日のごほうび」

と呟きながら甘味の店に入る。

やれやれ。——いつもの席に座ると、店の人も憶《おぼ》えていて、

「いつもどうも」

「今日は。生菓子、あるかしら」

「はい。お持ちしますね」

「ありがとう」

おしぼりで手を拭《ふ》く。

「——今夜のおかずも買って帰ろう」

と、水を一口飲んで、見せられた生菓子から二つ選ぶと、「お抹茶とね」

と注文する。

バッグからケータイを取り出して、電源を入れる。

学校時代からの友人のメールが入っていたが、返事するほどのことでもない。

手帳を開いて、今日泳いだ距離を、少しサバを読んで記入する。自分しか見ないのだから、意味がないのだが。

すると——。

「ちょっと失礼しても？」

向いの席に、男性が座ったのである。

「あの……」

どう見ても知らない人だ。たぶん四十前後で、文乃と同じくらい。サラリーマン風だが、何となく違う雰囲気があった。

お茶を持って来たお店の女性が、

「荒川《あらかわ》さん、どうしたの？」

「この方は……」

「ここのガードマンなんです。警備主任で」

「すみません、突然。荒川と申します」

「はあ……」

「勤務時間外なんで、こんな格好ですが」

「私に何か……」

「実は、スポーツジムを出られたところに通りかかったんですが、男が一人、あなたの後を尾けていたんです」

「私を？」

「目について、気になったので、ついて来たのですが、今もその男は店の外に立っています。どう見てもあなたを尾行してるとしか思えないので、余計なことと思いましたが」

「いえ、それはどうも……。どんな人ですか？」

「ご自分でご覧になった方が」

と、荒川は言った。

「はあ……」

文乃は促されて立ち上がると、店の窓側の席の間から、そっと表を覗《のぞ》いた。

「分りますか。白っぽいコートをはおってる男です」

荒川の言葉で気が付いた。――ちょうど真向いにある小物の店で、品物を見ているような素振りをしている男だ。

チラチラと文乃のいる甘味の店の方を見ている。文乃は、ちょっとため息をついた。

「知っている人ですか？」

と、荒川に訊かれて、

「はい」

と、文乃は肯《うなず》いた。「別れた亭主です」

荒川は、なるほど、というように肯いて、

「離婚されたご主人ですか」

ていねいに言い換えている。

「すみません、ご心配かけて」

と、文乃は言った。「あの人のことなら大丈夫です。大方、お金に困ってるんでしょう。でも危害を加えたりすることはありませんから」

「それならいいのですが。――いや、余計なことを」

「とんでもない！　ありがとうございます」

文乃は心から礼を言った。

「では、私はこれで」

「どうも……」

自分の席に戻ると、文乃は置かれていた生菓子を食べてホッと息をついた。

困った人だわ……。

店を出たら、こっちから声をかけてやろう、と思った。

これまでも何度か手紙をよこしたり、電話をかけて来ている。

坂田《さかた》というのが、かつての夫の名だ。坂田望《のぞむ》。有里の父親である。

もちろん、文乃が離婚に踏み切れたのは、母、天本幸代がいたからだ。一流画家の幸代の収入で、文乃も有里も充分に生活していられた。

その代り、家事全般は文乃の役目。――幸代とも有里とも違って、文乃は何かに積極的に取り組むという気がない。

風宮の舞台に出る気になったのは、有里に少しは母親の「有能さ」を見せたかったということもあった。しかし、結局は階段から落ちるというみっともないことに……。

やっぱり私は「何もしない」方がいいんだわ、と改めて思った。

「本当にね……」

と呟く。

有里は一体誰に似たのだろう？　父親の坂田は、何かと怪しげな仕事に手を出しては借金をこしらえていた。

「——元ご主人なんですか」

と、店の女性が、文乃と荒川の話を聞いていたらしく、言った。

「ええ、困ったもんですわ」

「実は私も夫と別れて」

「まあ……」

外の元夫のことは忘れて、その女性の話に耳を傾けている文乃だった。

「じゃあ、制服はこちらのお店に行って、こしらえてね」

と、三田洋子はプリントしたものを渡して言った。「〈興津山学園〉の高校の制服、って言えば、お店の方ですぐ分るから」

「はい」

転校生の永田エリは素直に肯いて、「何日か、かかりますね」

「そうね。急いでも二週間くらいは……。この時期はそう混んでないでしょうから、もう少し早くできるかもしれないわ」

と、三田洋子は言った。

事務室の奥の仕切られたスペースに、応接セットが置かれている。洋子はそこで永田エリに、通学についての細かい点を説明していた。

「制服ができるまでは、私服で登校して構わないわよ」

と、洋子は言った。「ただ、できればブレザーとか、地味なものでね」

「分りました」

「今着てるのは――」

「前の学校の制服です」

「そう。何ならそれでも大丈夫よ。先生方は分ってるから」

「はい。――あ、すみません」

永田エリの鞄《かばん》でケータイが鳴った。「父かもしれないんで、出ていいですか？」

「ええ、いいわよ」

エリはソファから立つと、少し離れてケータイに出た。

「――お父さん？　今、どこ？　――うん、もう中に入ってるの」

エリはそう言って、「じゃ、待ってる。――うん」

通話を切ると、

「あの、父がもうすぐ玄関の方へ着くそうなんですけど……」

「じゃあ、迎えに行ってあげて。ここへご案内してちょうだい」

「はい！」

エリが急いで事務室を出て行く。

洋子は、その間に時間割や必要な教材のリストを出してテーブルに置いた。

エリがすぐに戻って来た。ダブルのスーツが似合う、恰幅《かっぷく》のいい男性が一緒だ。

「父です」

と、エリが言った。

「事務の三田と申します。この度は……」

「娘がお世話になります。永田でございます」

と、名刺を出す。

〈永田慎司《しんじ》〉とあった。〈S産業株式会社・代表取締役社長〉とある。いかにもそんな雰囲気だ。

「よろしくお願いいたします。今日、担任の先生は午後外出されているのですけれど……。明日少し早めに、八時ごろ来てくれる？」

と、洋子はエリの方へ、「先生方に紹介するから」

「分りました」

と、エリは言った。

はきはきとした、快い声だ。

「ご無理を言って編入させていただき、感謝しています」

と、永田が言った。

「いえ、そんな……」

「一人っ子で、わがままに育っておりますが、どうぞよろしく」

ふと、洋子の手が止った。時間割をエリへ渡そうとしたのだが……。

「とてもいい雰囲気ですね」

と、永田が微笑んで、「前の高校が町の中で、騒がしい所でしたから。もちろん、学校の方が先にできたわけで、学校のせいではありませんが」

洋子は立ち上ると、

「あの——ちょっと失礼します。すぐ戻りますので」

と、小走りに事務室を出た。

洋子は廊下を少し駆けると止って、壁に手をついた。心臓が激しく打っている。

——あの声！

忘れない。あの永田の声は、あの盛り場で男たちに絡まれたとき、洋子を救ってくれた男の声だ！

永田が——裏社会の人間？

洋子は、あのときの恐怖がよみがえって来て、青ざめ、冷汗がふき出して来た。

「気付いたかしら……」

あの薄暗がりの中、相手の顔はお互い見えなかった。——そのはずだ。

洋子は目を閉じて何度も深呼吸した。

もう大丈夫だろうか？　あまり時間がたっても、おかしいと思われるだろう。

何とか背筋を伸し、事務室へと戻って行く。

「お待たせして、すみません」

洋子は何とか笑顔を作って、永田親子の前に座ったのだった……。

8　命の代価

「アケミ……」

としか、女は言わなかった。

もしかしたら自分の名ではないのかもしれない。しかし、他に何も言わないのだから、その女が「アケミ」という名だと考えるしかないだろう。

「お前、いつも腹、空かしてるんだな」

と、三田広士は言ったが、女はいつもの通り、何も言わなかった。

ただ黙って、ファミレスの定食を、広士の倍以上のスピードで平らげている。

「ま、いいけどな」

と、広士は苦笑して、「だけど、俺だっていつまでもお前のこと、面倒みてるわけにいかないんだぜ」

——道で突き当って、そのまま倒れてしまった女。

三田広士は、放ってもおけず、女を抱きかかえるようにして、近くの安宿に連れて行った。

広士がときどき悪酔いしたり、女の子を連れ込んだりするときに使う宿なので、そう珍しくも見られていなかった。

女は気絶していたようだったが、布団に寝かせると、しばらくして目が覚めて、

「お前、何なんだ?」

と訊《き》いた広士に、

「アケミ……」

とだけ答えたのである。

倒れたのは、どうも何日も食べていなかったかららしい。

普段は女の子相手でもケチな広士が、食事をさせてやったりしたのは、女がまだ若く、どこかかげのある美人だったからだ。

下心があったかどうか、となると広士にもよく分らない。もちろん女は好きだが、何しろ、身許《みもと》も何も分らない相手では、何かトラブルに巻き込まれないかと不安があったのである。

ともかく、一泊分のお金は払ってやり、

「明日は適当に出ろよ」

と言って、部屋を出ようとしたのだが――。

「おい……」

広士は、女がさっさと服を脱ぐのを呆気《あっけ》に取られて眺めていた。そして、誘われるままに抱いてしまったが、何とも魅力的な体だったのだ。

プレイボーイを気取っていても、実際はそうもてるわけではない。その広士が、このアケミと名のった女には夢中にさせられてしまったのである。

「――何者なんだ、お前？」

息を切らしながら、広士は訊いたが、女は黙って更に広士を抱きしめて来る……。

広士は次の日、昼過ぎまで眠ってしまった。

起きたとき、もうアケミはいなかった。

広士は、がっかりしながらも、多少ホッとしてもいた。このままアケミの体に溺《おぼ》れていくのが怖かったのだ。

シャワーを浴びて、服を着ようとバスルームを出ると、アケミがベッドに座っていた。

そして、

「何か食べたい」

初めて、「アケミ」以外の言葉を口にした。

そして、広士を見てニッコリ笑ったのだ。その笑顔は、広士と抱き合っていたときの妖《あや》しいような美しさと違って、少女のようにあどけなかった。

その瞬間、広士は、「この女からは離れられない！」と思ったのだった……。


「まあ、坂田に会ったの？」

と、天本幸代は言った。

「さっきそう言ったでしょ」

遅い昼食をとりながら、文乃は苦笑して、「人の話なんか耳に入らないんだから」

「ちゃんと聞いてるわよ」

と、幸代はサンドイッチをつまみながら、「ただ、それが頭の中に届くのに時間がかかるの」

「分ってますよ、お母さん」

と、文乃は言った。

今、幸代の頭は壁画のプランのことで一杯だ。他人の話は――たとえ娘でも――二の次なのである。

「で、坂田は、何て？」

「それが何だか妙だったの」

「妙って？」

「私の方から声をかけてやったんだけどね……」

「あなた」

文乃の声に、坂田はわざとらしく、

「ああ。——何だ、文乃じゃないか」

と、笑顔を作って、「元気そうだな」

「お買物？」

「うん、まあ……。ちょっと珍しいもんでもあるかと思ってな」

坂田は店内を見回した。——およそ坂田の目をひくようなものがあるとは思えない、女性向けの小物の店である。

「とぼけないで」

と、文乃は言った。「スポーツジムを出たところから、ずっとついて来てたでしょ」

坂田はちょっとびっくりしたように、

「よく分ったな」

「何の用なの？　用があるのなら言って」

「いや……。お前がよくここへ来てるから、もしかしたら会えるかな、と思ってさ。まさか本当に会うとは思わなかったよ」

何とも白々しい……。

「別に用はないの？　それなら、私、もう帰るから」

と、文乃が行きかけると、

「ちょっと待ってくれ」

と、坂田はあわてたように、「有里のことが気になって。元気にしてるか？」

「ええ、至って元気よ」

「そうか。それならいい。――ああ、舞台に出てたな。風宮って奴の芝居で」

「どうして知ってるの？」

「それぐらいは知ってる。風宮が、あの高校の演劇部の指導をしてるんだろ？　あの芝居のチラシがあったんで手に取って見たら、出演者に〈天本有里〉という名があった」

「もう終ったわよ」

「うん、知ってる。最後の日に見に行ったよ」

「見たの？　まさか有里に会いに行ったんじゃないわよね」

「そうじゃない。見に行っただけだ」

と、坂田は肩をすくめて、「立派にやってたな。プロの役者になる気かな？」

「それは知らないわ。まだあの子は十六よ」

「うん。あいつは色んな才能がありそうだ。幸代さんに似たのかな」

「どうかしらね」

文乃は大して気のない返事をして、「じゃあ――」

と、立ち去ろうとしたのだが、そのとき坂田が、

「学校の方はどうなんだ」

と言ったのである。

文乃は一瞬、何を訊かれたのか分らなかった。

「学校って――有里のこと？」

「ああ、そうだ。楽しくやってるのか」

「ええ。そうだと思うわ。――どうして？」

つい、そう訊いてしまうほど、坂田の言い方は唐突だった。

「いや……あの学校のことはよく知らないからさ」

と、坂田はごまかすように、「幸代さんは何か描いてるのか」

「ええ。今は大仕事にかかってるわ」

「それならいい。――引き止めて悪かった」

文乃は、坂田の様子が気になった。

坂田が会いに来るのは、いつも決ってお金の用事。

「少し都合してくれないか」

というときもあるし、

「ちょっと今、懐具合がな……」

と、ただこづかいをせびりに来ることもある。

しかし、今日はお金の話が出ない。そして有里の学校のことを突然訊いてみたり……。

「あなた——何かあったの？」

と、文乃は言った。

「いや、どうしてだ？」

この言い方は、「あった」と言っているようなものだ。

そして、文乃は坂田が「いいものを着ている」ことに気が付いた。

「そんなこと、すぐに気が付かなきゃ」

と、幸代は話を聞いて言った。「あんたは観察力が足りない」

「お母さんと比べないでよ」

一緒にサンドイッチをつまんで、「ともかく、珍しく、お金に困ってない感じだったのよ」

「それなのに、あんたに会いに来た。——どうして？」

「知らないわ」

と、文乃は肩をすくめた。

幸代は紅茶をゆっくりと飲んで、

「——考えてごらん」

と言った。「坂田がお金に困ってなくて、有里のことを心配してる。別れた女房に会いに来る……」

「だから？」

幸代は眉《まゆ》をひそめて、

「あんた、ちっとは考えるってことをしなさい。坂田がお金に困ってないってことは、まともな仕事で収入があったってこと？」

「そうじゃないでしょ」

「だから、坂田は何か危いことに首を突っ込んでるのよ。誰かに誘われて、何か違法なことにね」

「犯罪に？」

と、文乃は目を丸くして、「あの人、そんな度胸はないわよ」

「でも、借金で追いつめられたら？」

「まあ……ね」

「有里のことを訊いたのは、自分に何かあったとき、有里の学校は大丈夫かと思ってるからでしょう」

「でも、何が……」

「あんたに会いに来たってことは？」

訊かれて文乃は、少し考えていたが、

「――分んない」

「全くもう……」

幸代は首を振って、「別れたとしても、一時は亭主だったんでしょ。どんな人だか分ってるでしょう」

「まあね。何でも人任せ。失敗すれば人のせいにする」

「そう。――そういう男があんたに会いに来た。それはあんたに止めてほしいからよ」

文乃がさすがに絶句した。幸代は続けて、

「きっと、坂田は自分でも気が進まないことをやろうとしてるんだわ。でも、このままだと、周りに流されてしまう。だからあんたに話して、『そんなこと、やめなさい!』って言ってほしかったんじゃない?」

文乃は目をパチクリさせて、

「だって……そんなこと、ひと言も言わなかったんだもの」

「そりゃそうよ。あんたが察してやらなくちゃ」

「でも――何をしようっていうの?」

「そんなこと、私に分るわけないでしょ」

と、幸代は呆《あき》れたように、「坂田に訊いてみなさい。何か困ってるんじゃないか、って」

「でも……連絡先、知らない」

「何か知ってるでしょ。メールアドレスとか」

「全部削除した」

「あんたも極端ね」

と、幸代は苦笑した。

「だって……別れるのなら、何も取っておくなって言ったのはお母さんよ」

「それにしたって……。有里のことで、用事ができることもあるかもしれないでしょ。連絡取れるようにしておきなさい」

「そうね……。前に一緒にいた友達の家は分るわ。あの人なら知ってるかも」

「じゃ、訊いてみたら？」

「そうするわ」

「坂田が『お金に困ってない』様子だった、ってことが気になるわね」

と、幸代は言った。「もしかして、もう坂田は何かやって、稼いでるのかもしれない」

「そうね……。心配になって来たわ」

「遅いわよ！」

「そう言わないでよ。私はお母さんみたいに頭良くないの」

と、文乃はふくれっつらになった。「それに、私は別にあの人が何かやって刑務所に行ったって、一向に同情しない。でも、私や有里に迷惑をかけるようなことなら、とんでもないわ」

「それを知るには、もう一度坂田と会って話すことね」

「そうか……。あの人、止めてほしいなんてまともなこと考えるかしら」

——まあ、どうするか、ゆっくり考えて決めよう。

坂田が気の弱い男だったことは、文乃も分っている。だから悪いことをするなんて、どうもピンと来ないのだが……。

「——ごちそうさま」

と、幸代は立ち上って、「私はアトリエにいるわ」

「はいはい」

文乃は紅茶を飲みながら、残ったサンドイッチをつまんだ。

「何ですって？」

姉がそう訊いてくることは予想していた。

三田広士は、

「詳しいことは会って話すからさ」

と言った。「今日、帰りに会えない？」

広士はショッピングモールのロビーから姉の三田洋子へ電話していた。

「あんた……今、『結婚する』って言ったの？」

「そうだよ」

「ちょっと——。ちょっと待ってよ」

洋子は、混乱しているようだった。

「大丈夫？　具合悪いの？」

「そうじゃないの。今日は色々あって……。ともかく話を聞かせて」

「そのつもりさ。何時なら？」

「そうね……。七時なら。どこで？」

「例の中華料理の店、あるだろ。晩飯おごってくれよ」

「もう……。分ったわ。じゃ、七時にお店で」

「うん、よろしく」

広士がこんな口をきくことなど、まずないから、さぞ洋子はびっくりしているだろう。

広士はニヤつきながら通話を切った。

ロビーの奥に椅子が並んでいる。――アケミはおとなしく座っていた。

なんて可愛いんだ！

広士は今まで、こんなに気分が明るくなることはなかった。

「――今夜、姉貴と飯食べるから」

と、広士は言った。「いいだろ？」

「うん」

アケミは肯《うなず》いて、「ちょっとトイレに」

「ここにいるよ」

アケミはロビーを足早に横切って行った。

化粧室の方へ入ると、公衆電話があった。ポケットを探ると、広士のくれた小銭が出てくる。

アケミはチラッと左右を見てから、電話をかけた。

少し長く呼出し音がしてから、

「――誰だ」

と、男の油断ない声がした。

「アケミよ」

全く違う口調になっていた。

「お前……。どこに行ってたんだ?」

「殺されかけたの」

「何だって?」

「何も持たずに、何とか逃げ出した。連絡もできなかったのよ」

「そうか……」

男は少し間を置いて、「今、どこだ?」

「都内にいるわ。男と一緒」

「男?」

「たまたま知り合って、面倒みてくれてるの。いい人よ」

「呑気《のんき》なこと言いやがって……」

「ね、あの始末をつけて」

「放っちゃおけないな。馬鹿な奴だ。俺の方でかたをつける。戻って来い」

「今は無理。ね、今、仕事はない？」

「仕事って、お前——」

「お金がいるの」

「本気か？」

「もちろん。いつものように手配してくれれば、やるわ」

「それなら……。大仕事じゃないが、四、五日の内にやれるか」

「ええ」

「男を一人、消すだけだ。組織絡みとかの危い仕事じゃない」

「歓迎だわ。明日、いつもの所に」

「分った。必要なものは入れとく」

と、男は言った。「金がいるって、何かあるのか」

「別に」

と、アケミは言った。「ちょっと結婚しようかと思ってるの」

向うが呆気に取られている間に、アケミは受話器を置いた。

そして、ロビーの広士の所へ戻って行くと、

「お姉さんに会うまで、時間あるんでしょ？」

と言った。「抱いてよ」

9　約束

「おい……。早く来てくれ」

夜風はすでに冷たかった。

ついこの間まで、暑い日もあったのだが、一日で季節が変ることもある。

しかし、グチはこぼしながらも、金山は上機嫌だった。

「金が入る！」

それは、貧乏役者の金山にとって、珍しいことだったのである。

約束の場所は公園の中。池のそばのベンチといえば、ここしかない。

「ここでいいんだよな」

と、金山は何度も自分に念を押した。

夜十一時。――約束の時間はずいぶん遅いが、まあ事情が事情だ、仕方あるまい。

十一時を五分過ぎていた。金山は、いつもは少しもせっかちではないのだが、今夜ばかりは、

「遅刻して、金を取りはぐれては大変」

というので、三十分も前に約束の場所に着いてしまった。

「いいぞ、金山……。これで、生活を立て直せる」

とは、自分に言い聞かせているのだが、本当のところ、三百万くらいあったところで、借金や飲み屋のつけを払うと、半分くらいは消えてしまう。

それでも、百五十万あれば……。

「思い切り飲めるぞ」

これではちっとも変るまいが……。

十分過ぎたとき、誰かが公園の中へ入って来た。金山は思わずベンチから立ちかけたが――。

「女か……」

それでは相手じゃあるまい。がっかりしてまた座り込んだが、女は真っ直ぐに金山の方へやって来たのである。

「え……」

まさか。金山が面食らっていると、

「お待たせして」

と、女は言った。「金山悟さんですね」

「ああ、僕だけど。君は――お使い？」

「そんなところです」

「まあ、誰でもいいや」

と、金山は立ち上って、「で、金は？」

「ここに」

女はコートのポケットから分厚い封筒を取り出した。

金山はそれを受け取ると、急いで自分のコートのポケットへねじ込もうとした。

「中を確かめて下さい」

と、女が言った。「後で、私が抜いたなんて言われてもいやですから」

「分ったよ」

いやに落ちついた女だ。——金山は封筒を持ち直すと、封を破いて、街灯の明りの方へと向いた。

女に背中を向ける格好になる。

その瞬間、女は拳銃《けんじゅう》を手にして、銃口を金山の背中へ当てると引金を引いた。——間違いなく心臓を撃ち抜いたはずだ。

銃声は鈍く短く、たとえ公園の前を誰かが通っていたとしても、気にもとめなかっただろう。

金山は二、三歩前へ進んで、そのままうつ伏せに倒れた。

封筒をしっかり握りしめたままだ。女はちょっと迷った。

もちろん封筒の中は札束の大きさの新聞紙の束だから、放っておいてもいいのだが……

……。

少しでも手掛りになりそうな物は置いて行きたくない。女は身をかがめて、金山の手から封筒を取り上げようとしたが、握った手は緩むことなく、封筒は破れてしまった。

騙《だま》された悔しさが、握りしめた手にこめられているかのようだった。

そのとき、

「こんな所、寒いでしょ」

「ちょっと休むだけさ」

「でも……」

若い男女が公園に入って来たのだ。

女は素早くその場から立ち去った。公園のもう一つの出口から出たので、あの二人には見られていないだろう。

「――どうしたの、この人？」

と言っているのが聞こえてくる。「ね、見て！　血が出てるよ！」

女――アケミは公園から出て、少し足早に広い通りに出ると、タクシーを拾った。

「N町の交差点に」

と言っておいて、ケータイを取り出す。

「――もしもし。――済んだわ」

と、アケミは言った。「問題なし」

「ご苦労。いつもの郵便受に金が入っている」

「分ったわ」

「道具はそこに戻しといてくれ」

「ええ」

「しかし——アケミ、お前本当に結婚するのか？」

「悪い？　プライベートには係《かかわ》らないで」

「いや、分ってるが……。あんまりびっくりしたんでな」

「落ちつきたくなることもあるのよ」

「どんな奴だ、相手は？」

「関係ないでしょ」

「そうだな。ただの好奇心だ」

「じゃ、何かあればこのケータイに」

「分った」

向うはまだ何か言いたげだったが、アケミはさっさと切ってしまった。

——落ちつきたくなる、か。

アケミは、自分で言っておいて笑った。

そして、アケミが向ったのは、今はほとんど住人がいなくなった、古い公団住宅。

その内、取り壊されるのだろう。——その郵便受の一つ。

歪《ゆが》んで、力を入れて引張らないと開かない。クシャクシャに押し込まれたチラシの類《たぐい》が、一杯入っている。

その下を探ると、分厚い封筒があった。中をあらためもせず、コートのポケットへ入れると、拳銃を取り出し、新聞紙にくるんで郵便受に入れ、扉を閉めた。

広い通りに戻って、タクシーを拾った。

走るタクシーの中から夜の町を眺めながら、三田広士の姉と会ったときのことを思い出して、つい微笑む。

「――アケミさん、でしたか」

と、三田洋子は中華料理店の個室で、半信半疑という表情で言った。「本当に弟と結婚しようとおっしゃるの？」

「ええ」

「いいんですか、弟で」

洋子の言葉に、広士は渋い顔になって、

「それはねえだろ」

と言った。

「だって……。あんた、生活はどうするつもり？」

「働くさ。俺だって、仕事ぐらいできるんだぜ」

広士の言葉は、洋子を喜ばせた。

そして、普通なら身許《みもと》もよく分らない女など、とんでもないと思うだろうが、

「広士をよろしくお願いします」

と、頭を下げさえしたのだ。

結婚するといっても、アケミの身許がはっきりしないのだから、正式に入籍はできないが、それでも一応の「結婚生活」は始めようということになった。

どうして、あんな男と？　――アケミ自身も、驚いていたのだ。

きっかけは、この仕事に手を染めるようになってから初めて「死の恐怖」を味わったことだった。

依頼された仕事は、ちゃんと果した。何一つ手掛りを残すことなく、目標を消した。実行のために、依頼人と会う必要があって、正直なところアケミは、社会的にも知られ、地位のあるその男に心ひかれたのだ。

むろん、自分の立場はわきまえている。それでも、その男は信用できると思っていて、誘われるまま、湖畔の別荘へ同行した。

「お礼の気持だ」

と言われて、二人きりで食事をした。

アケミの方から、

「一度限りね。それがお互いのため」

と言ってあった。

アケミの命を救ったのは、人並み外れて敏感な舌だった。少し酔いが回ってから出された赤ワインを飲んだとき、かすかに舌を刺すような刺激を感じたのだ。

おかしい、と思った。

「ちょっと飲み過ぎたみたい」

と、一口でやめて、「シャワー、浴びたいわ」

と言った。

一緒にシャワーを、という男を拒まず、裸になってバスルームへ入ったアケミは、別荘の中に他の人間の気配を感じて、男を殴って気絶させ、そのままベッドルームの窓から逃げ出した。

激しい銃撃がアケミを追って来て、森の中を必死で逃げた。――殺される！

追手もしつこく、アケミを追い続けた。アケミは湖へ飛び込んで、潜って逃れたのだ。

冷え切った体で、全裸のまま森をさまよって、アケミはたまたま山道を通りかかった大型トラックに拾われた……。

殺されかけたショックだけでなく、相手の男の意図を見抜けなかったことが、アケミを激しく動揺させた。

男に騙されることなど、絶対にないと思い込んでいたのだ。

だが、「依頼人」は自分が人を殺させたことを隠すために、アケミを殺そうとした。

そんな男の、地位や外見に騙されてしまったのだ……。

自信を失ったうえに、あのワインに入っていた薬が効いて、町を呆然《ぼうぜん》と歩いているとき、アケミは三田広士にぶつかったのだった。

広士は、あの男とは正反対だった。金も地位もなく、見た目も——当人は自信があるらしいが——パッとしない、平凡な男だった。いや、ろくに働いていないのだから、平凡以下かもしれない。

そのことが、アケミにとっては気楽で、自分を取り戻すのに役立った。

広士と暮していれば、彼の目をごまかすために気をつかう必要もない。アケミの言うことを、何でも信じてしまうからだ。

こんな男と暮すのもいい。——むろん、いつまでも、というわけではない。飽きれば姿を消してしまえばいいのだ。

「物好きね……」

と、アケミは呟《つぶや》いた。

アケミを狙った男は、その報いを受けた。乗っていたイタリア製のスポーツカーが突然火に包まれ、大火傷《おおやけど》を負って、すべての仕事から手を引かざるを得なかった。

——アケミはタクシーの中から広士に電話した。

「遅くなってごめんなさい。もうすぐ帰るわ」

「良かった。心配したぜ」

「ケータイ持ってるんだから、かければいいのに」

広士の姉の洋子が、アケミにケータイを買ってくれたのである。

「仕事だと言ってたから、邪魔しちゃ悪いと思ってさ」

「大した仕事じゃないのよ」

と、アケミは言った。「夕ご飯、食べたの？」


「もしもし」

夜遅かったが、有里は村上刑事からの電話だったので、出てみた。

「村上だよ。もう寝てたかな」

「今どきの高校生は夜ふかしです」

と、有里は言った。「何かあったんですか？」

「うん。――君、憶《おぼ》えてるか、金山って役者のこと。あの劇場で……」

「ええ、もちろん。風宮さんの劇を勝手に上演すると言って――」

「そうそう。実はね、あの金山が殺されたんだ」

「え？」

不意に「殺された」という言葉が出て来て、有里はびっくりした。

「それって、何か……」

「いや、風宮さくらさんが殺されたことと何か関係があるか、それはまだ分らないがね」

有里はベッドに寝転っていたのだが、起き出して椅子にかけた。

「どこで殺されたんですか?」

と、有里は訊《き》いた。

「それは……あんまりしゃべるわけにいかないんだがね」

と、村上が口ごもると、

「知らせといて、それってないでしょ」

と、有里は言った。「人にベラベラしゃべったりしませんよ。天本幸代の孫ですよ、私」

「そう言われると弱いね」

村上は苦笑しているようだった。「小さな公園で、後ろから撃たれていた」

「撃たれてた? 拳銃で、ってこと?」

「うん、そうなんだ。ヤクザ絡みとも思えないがね」

「でも、銃を持ってたってことは……」

「ああ、普通の恨みなどによる犯行じゃないだろうな。そして、金山は封筒を握りしめてた」

「封筒? 何が入ってたんですか?」

「札束に見せかけた、切った新聞紙だ」

思いがけない話だった。

「村上さん、それって、金山さんがお金を受け取るつもりだったってことですか」

「おそらくね。中をあらためようとして、明りの方を向いたところを撃たれたんだろう」

「お金を受け取る……。金山さんが誰かをゆすってた、ってこと？」

「それで口をふさがれたんだろうな」

「でも――きっと、それはさくらさんの事件とつながってますよ」

「まあ、証拠はないが、可能性はある」

直感で動けるのが「素人」の強みである。

「さくらさんと金山さんに、何かあったのか……。もちろん、以前は風宮さんの劇団にいたんですから、知ってたでしょうけど」

有里の口調が変に熱を帯びて来たので、村上はいささか焦ったように、

「おいおい、君を素人探偵にするためにこの話をしたんじゃないよ」

と言った。「頼むから、危い真似はやめてくれよ。殺人は小説の中の話じゃない。現実に起ってることなんだからね」

「分ってます。そんなに馬鹿じゃありませんよ」

「だといいけどね……」

村上は有里の言葉を信じかねているようだった。

「じゃあ、村上さん」

「何だね？」

「一度、夕ご飯おごって下さい。しっかり話を聞きますから」

「それは……しかし……」

「大丈夫ですよ。取って食ったりしませんから」

高校一年生にそう言われて、四十になる中年刑事は絶句した……。

10 再演

「そうだ、そこで立ち止る」

と、風宮は言った。「いいね、この教室の広さと、実際に劇を上演する舞台の広さは違うんだ。ここでは五歩で着いても、舞台じゃ十歩かかるかもしれない。それを頭に入れて動かないと、本番でセリフのタイミングが狂うぞ」

いかにも、現役の役者らしい言葉だと有里は思った。

「舞台で何をしているか、一番後ろの客席からでもはっきり分らなきゃいけない。いいね？」

「はい！」

部員が一斉に答えた。

「よし、今日はここまでにしよう」

と、風宮は言って台本を閉じた。

みんなが一旦《いったん》真っ直ぐに立って、

「ありがとうございました！」

と、頭を下げた。

風宮は、自分の大きなバッグに台本をしまうと、すぐに教室を出ようとしていた。

「――すみません」

と、有里が小走りに追いついて、「ちょっと、いいですか？」

「ああ。これから打合せなんだ。玄関まで歩きながらでもいい？」

「はい」

有里は、風宮と並んで歩きながら、「――金山さんのこと、聞きましたか？」

「ああ、びっくりしたよ。しかし、あいつ、一体何をやってたのかな」

と、風宮は首を振って、「暴力団が絡んでるらしいってことだったが」

「刑事さんがそう言ったんですか？」

「うん。あの……村山《むらやま》だっけ？」

「村上さんですか」

「そうだ。村上だった。もの分りのいい刑事だな」

「いい人ですね。祖母の絵が大好きだと言ってました」

「あの刑事が？　そいつは面白いな」

と、風宮はちょっと笑った。「――しかし、まださくらを殺した犯人の手掛りは見付かっていないらしい。恐縮していたよ」

「そうですか……」

二人は校舎の玄関へ来ると、足を止めた。

「すみません。お引き止めして」

と、有里は言った。「よろしくお願いします」

「学生演劇はいいよ。黒字にする必要がないんだものな」

と、風宮は言って、「つい本音が出るよ、君と話してると」

それじゃ、と手を上げて見せ、風宮は校舎から出て行った。

有里はちょっと時計へ目をやった。

部室へ戻って着替えていると、

「──有里」

クラスメイトで同じ部員の城所真奈がやって来た。「どこ行ってたの？」

「ごめん！　捜した？」

「風宮さんを追っかけてったでしょ」

「ちょっと話したいことがあったの」

「まさか風宮さんと駆け落ちするとは思わないけどね」

「よしてよ」

と、有里は眉《まゆ》をひそめた。「でも、何だか風宮さん、いやにさっぱりしてると思わない？」

「さっぱり？」

「さくらさんが殺されたのに、さ」

「ああ……。そうだね。でも、プロの役者なんだから」

「それはそうだけど……。うまく行ってなかったのかな、さくらさんと」

「そんなこと、言ってた？」

「そうじゃないけど、ほら、あの小倉クレアとも、仲いいし」

「そりゃあ女優と先生じゃない」

「でも、それだけじゃないような気がする」

有里は制服を着ると、「私、今夜デートなんだ」

「え？　誰と？」

と、真奈が目を丸くする。

「正確にはデートっていうんじゃないけどね」

と、有里は笑って、「村上刑事さんと会うの」

「へえ。――二人きりで？」

「私は二人でもいいよ、って言ったんだけど、向うが困るって。お母さんが一緒」

「そうなんだ。でも、何か用事があるの？」

「事件について検討するの」

「何、それ？」

「捜査会議よ、個人的な」

二人は部室を出た。廊下を歩いて行くと、三田洋子がやって来るのに会った。

「こんにちは」

と、有里たちが挨拶《あいさつ》すると、

「演劇の稽古《けいこ》？　ご苦労さま」

と、三田洋子は微笑んだ。

「三田さん、今日、凄《すご》くお洒落《しゃれ》してますね。何かあるんですか？」

と、真奈が言った。

お洒落というより、正装と言った方が近いだろう。上下、紺のスーツに、バッグもシルバーの生地だった。

「ええ。結婚式なの」

「三田さんの？」

と、真奈が言ったので、洋子は笑って、

「まさか！　弟の結婚式」

「へえ。おめでとうございます」

しかし、有里は思い出していた。

三田洋子の弟は確か風宮さくらの元の恋人だった。――その話を、劇団の人から聞いて、びっくりしたものだ。

むろん、ここでそんな話を持ち出すことはしないが。

有里も、

「おめでとうございます」

と、洋子に言った。

「ありがとう。私もホッとしてるの。これで弟も働く気になってくれるだろうし」

そうだった。いつか、有里は洋子から、弟が仕事もせずにぶらぶらしてて困る、と聞いたことがある。

「それじゃ」

と、洋子は足早に立ち去った。

有里たちが玄関へ向うと、今度は事務長の原口恒子が、ひどく焦った様子でやって来た。

「あなたたち、三田さんを見なかった？」

と、二人に訊《き》く。

有里は真奈と顔を見合せて、

「今、そこで」

「どっちへ行った？」

「このまま、先の方へ。何か……」

原口恒子は、小走りに三田洋子を追って行った。

「――どうしたんだろ？」

と、真奈が言った。「ずいぶんあわててたね」

有里は一瞬、立ち止って考えていたが、

「真奈、先に帰って」

「え？」

「私、様子見てくる」

有里は原口恒子を追って行った。

「もう――。待ってよ！」

そうなると、真奈も黙っていられない。

二人は急いで廊下を戻って行ったが――。

「――でも、ちゃんとおっしゃったじゃありませんか！」

三田洋子の声が聞こえた。

有里たちは、洋子と原口恒子が、階段の脇の少し引っ込んだ場所で話していると知って、廊下からドアをそっと開け、空いていた実験室に入った。ドアを開けておけば、話し声が聞こえるかもしれない。

「雇うとは言ってないわ！　考えておく、と言っただけよ」

と、原口恒子が言い返している。「ともかく、今すぐと言われても、人手が足りないわけじゃないし……」

「困ります。弟にもう言ってしまいましたし。私、確かに『いいわよ』とおっしゃるのを聞きました」

「そんなの、聞き違えでしょ」

と、恒子ははねつけた。「それに、採用は時期が決ってるし、ちゃんと面接する必要もありますからね」

有無を言わせず、という口調でそう言うと、

「いいわね。私の言ったこと、分ったでしょ」

足音がして、恒子が戻って行こうとした。そのとき、

「――ミシェル」

と、洋子が言った。

足音が止った。

少し間があって、

「今、何と言ったの？」

と、恒子が訊いた。

「いえ、別に」

「でも……」

「ただ、ちょっと思い出していたんです。太田さんという方のことを」

洋子の言い方は、どこか凄みを感じさせた。——聞いていた有里は、洋子が言わば「切り札」を出して見せたのだ、と感じた。

しばらく、どちらも口をきかなかった。しかし、そこには息詰るような緊張感が張りつめていた。

口を開いたのは、恒子だった。

「——分りました。考えておきましょう」

「よろしくお願いします」

洋子の口調には、勝ち誇った響きがあった。

恒子の足音が、有里たちの前を通り過ぎて行く。

有里たちは大きく息を吐いた。

「何だか凄かったね」

と、真奈が言った。

「うん……」

「でも、三田さんの言ってたことって、何だろ？　『ミシェル』？　そう聞こえたけど」

「私もよ」

「外国人の名前？　それに『太田さん』って……」

「分らないけど、事務長さんには思い当ることがあったのね」

事情は明らかだ。三田洋子の弟が働くというので、洋子は原口恒子に弟を雇ってくれるよう頼んだ。恒子は一度は承知したようだったが、何かの理由でそれを取り消そうとした。

洋子としては、何としても弟を雇ってもらいたい。それで——。

「ミシェル」と「太田さん」が何を意味するのか、むろん有里には分からなかったが、それが恒子の「弱み」を衝《つ》いていたことは確かだろう。

「——行こうか」

と、有里は真奈を促した。

「でも、犯人はどうしてその切った新聞紙の入った封筒を持って行かなかったんでしょう？」

有里が訊くと、母、文乃は、

「有里、ちゃんと食べなさい」

と、ため息まじりに、「あなた一人、遅いわよ、食事が」

「訊きたいときに、訊きたいことを訊かないと、忘れちゃう」

と言って、有里はステーキにナイフを入れた。

「村上さんがゆっくり召し上れないじゃないの」

「あ、いや、しっかり食べています」

と、村上刑事は恐縮したように言った。

──有里と文乃、そして村上の〈捜査会議〉は、有里の家族がよく行くレストランで行われていた。

もちろん、文乃が支払うことにしていて、その点は初めから村上に言ってある。

「――おそらく、犯人は金山の手から封筒を取り上げようとしただろう」

と、村上は言った。「しかし、金山がギュッと封筒を握りしめていた。そして、公園に若い男女が入って来て、犯人はすぐ逃げなくてはならなくなった」

「じゃ、殺してすぐに、その二人が入って来たの？」

「そう思われる。その男女は、急いで走り去る足音を聞いていた。たぶん、それは二人の話し声を聞いて急いで立ち去った犯人の足音だろうね」

「姿は見てないんですか？　残念だなあ！」

「全くもう……」

聞いていた文乃が眉をひそめて、「我が子ながら、本当に変なことが好きで」

「変なことじゃないよ。ね、村上さん」

有里にそう言われると、村上も返事のしようがない。

「個室だからいいけど、周りにお客さんがいたら、何かと思われるわよ」

と、文乃は言った。

「仕方ないよ。何しろお祖母《ばあ》ちゃんの孫、お母さんの娘なんだもの。少しぐらい変っても」

「私は変ってません」

と、文乃が言った。

「そう思い込んでるだけ。お母さんも相当変ってるよ」

「どこが変ってるって言うの？」

ムッとしたように文乃が言ったので、村上はあわてた様子で、

「いや、好奇心は大切ですから」

と、取りなすように言った。

「口のへらない子で……」

と、文乃はすっかりむくれている。

ステーキを食べ終ると、有里はデザートが出てくる前に個室を出て、化粧室に立った。

そして化粧室を出て来たところで、男性の方の化粧室から出て来た男とぶつかりそうになった。

「あ、ごめんなさい」

と言ってから、「風宮さん！」

「やあ、有里君か」

風宮は少し赤い顔をしていた。

「私、母と一緒で」

と、有里は言った。

「そうか。僕はプロデューサーと打合せでね」

と、風宮は言って、「そうだ。今、決ったばかりだから、人に言ってもらっちゃ困るんだが」

「何ですか？」

「Pシアターのプロデューサーがね、話を持ちかけて来たんだ」

風宮はちょっと芝居がかった口調で、「たった今、〈夕暮姉妹〉の再演が決ったんだよ」

「へえ」

有里も、本当にびっくりした。Pシアターは、風宮の〈空洞〉のような劇団が出演する劇場ではない。いわゆる〈商業演劇〉と呼ばれるジャンルで、黒字になる見通しがなければ、上演させてもらえない。

他ならぬ有里も出演していた〈夕暮姉妹〉が再演されるというのは、確かに大したことだった。

「おめでとうございます」

「うん、僕としても、初めてのことだよ」

「さくらさんが聞いたら喜んだでしょうね」

有里はさりげなく言った。

「ああ。——全くだ。これから細かな打合せをするんだよ」

「成功を祈ってます」

もちろん、そんな公演に有里が出られるわけはない。

有里は風宮と別れて個室へ向いながら、思っていた。――風宮は、もうさくらのことを忘れている。

有里がさくらの名を出したとき、ハッとしたのが表情で分った。

まだ、さくらさんを殺した犯人も捕まっていないのに……。

有里は少し気の重いまま、個室に戻った……。

11　裏と表と

「じゃあ……」

三田洋子は、腕時計に目をやって、「もう十時になるわ。お二人でのんびりして」

三田広士とアケミは、顔を見合せて微笑んだ。

都内の一流ホテル。――ホテル内のチャペルで簡単な結婚式を挙げた広士とアケミである。

二人はこのホテルのスイートルームで一泊することになっている。費用はもちろん洋子が持っている。

「広士、来週の月曜日から学園に通うつもりでいてね」

「分ってるよ」

「正式に決ったら、メールするから」

洋子は、ラウンジの伝票を取って、「アケミさん、広士のこと、よろしくお願いします」

「こちらこそ」

と、アケミは言った。

アケミも明るい色のスーツを着て、別人のようだった。

「それじゃ」

洋子はレジで会計を済ませると、ロビーへ出た。

「姉さん」

広士が追いかけて来た。

「どうしたの？　お金、足りるでしょ？」

「ああ。――何もかも悪かったね」

広士がこんなことを言うとは……。洋子はそれだけで涙が出そうだった。

「アケミさんを大事にね」

と、弟の肩を叩《たた》いて、洋子はホテルの正面玄関へ向った。

本当なら、心配して当然のような結婚だ。何しろアケミの身許《みもと》さえ分らない。

広士はアケミが「記憶を失っている」と信じているようだったが、洋子は、おそらく何かの事情でアケミが素性を隠しているのだと思っていた。

ただ、どんな事情があるにせよ、広士がアケミのために、普通に働こうと思ってくれたことは、何より嬉《うれ》しかった。

このホテル代も、二人が当面暮すアパートの費用も、洋子が貯金をはたいて出してやった。

これで、広士とアケミに子供が生まれたら……。そんなことまで考えてしまう洋子だった。

ホテルを出て、地下鉄の駅へと歩き出した洋子の近くに車がスッと停った。

「三田さん」

車から顔を出しているのは、原口恒子だった。

「事務長さん……」

「話があるの。乗って」

断るわけにはいかなかった。

洋子は、助手席のドアを開けて乗った。

原口恒子が黙って車を出した。

しばらく、原口恒子は口をきかず、ただじっと正面を見つめて車を走らせていた。

助手席で、三田洋子は不安な思いを顔に出すまいと、必死に平静を装っていた。原口恒子からは、何か追いつめられたような厳しい雰囲気がにじみ出ている。車はどこへ向っているのか、よく分らなかったが、都心から郊外へと走っていることだけは分った。暗い道へ入ると、公園らしい場所に出た。その中へ乗り入れて、池のある開けた所で車が停る。

エンジンを切ると、急に辺りが静かになる。

原口恒子は、ハンドルに両手を置いたまま、深々と息をついた。

「どうして知ってるの？」

と、恒子が訊《き》く。

何のことを言っているか、すぐに分った。

「〈ミシェル〉のことですか」

と、洋子は言った。

「それと、〈太田〉のことも」

「それは……偶然なんです。たまたま、です」

「いい加減なことを言わないで」

「本当です」

洋子は、たまたま夜の町で見かけた、いつもと全く違う服装の恒子に、引かれるようについて行ったことを説明した。

むろん、その後の恐ろしい経験については話さなかったが。

「——もちろん、プライベートな時間に、事務長さんが何をしていようと、他人の私が口を出すことじゃありません」

と、洋子は言った。

「それならどうして、私を脅すように言ったの？〈ミシェル〉、〈太田〉と」

「それは……」

と言いかけて、一旦《いったん》言葉を切り、「——お分りでしょう。ああいうお店で上得意の客でいるには、どれくらいのお金がかかるか。私も詳しく知っているわけじゃありません。でも、察することはできます」

言ってしまった。——正しいことだったのだろうか。洋子にも確信はなかった。

長い沈黙の後、恒子が言った。

「つまり、あなたが言いたいのは、そんな遊びに使うお金を、私がどうやって作っているのか、ってことね」

「まあ……そうです」

恒子は急に声を上げて笑った。洋子は一瞬ゾッとした。

「——怖がることないわ」

と、恒子は洋子の方を向いて、「分るでしょ。答えが何なのか」

「事務長さん……」

「ここで、そんな呼び方はよして。恒子、でいいわ。私も洋子って呼ぶから」

「恒子さん……。あなたは、学園のお金を……」

「もちろんよ」

と、恒子はアッサリ言った。「〈興津山学園〉のような古い伝統のある学校にはね、必ずわけの分らない財産、出費があるの。何年、何十年もの間、誰も気付かなかった出費がね。分ったころには、その時、一体誰がお金を使える立場にいたのかなんて、誰も憶《おぼ》えちゃいないのよ」

「でも……」

「監査？　そんなもの、何とでもなる。理事会の監査役なんて、素人だもの。私の方で、『この通りで間違いありません』と、資料を出して見せると、『ああ、ご苦労さま』と言って印を押すのよ」

「いいんですか？　もし誰かに知れたら……」

と、洋子は思わず言った。

「誰かに？　もし知れたとしたら、あなたがしゃべったってことになるわね」

「そんな……。私以外にも、その内誰かが気付くかも」

「大丈夫。私にあれこれ言えるような人はいやしないわ」

恒子の自信ありげな口調は、洋子にもその通りだろうと思わせた。自分だって、弟のことがなかったら、あんなことは言わなかった……。

「でも、今はあなたが知ってる」

と、恒子は言った。「どうする？　理事会にでも告発する？」

「いいえ。そんなつもりは……」

「つまり、弟さんをちゃんと雇ってあげれば口をつぐんでる。そういうことね？」

「そうです」

「いいでしょう」

恒子は肯《うなず》いて、「来週から、学園へ来させなさい」

洋子はホッと息をついて、

「ありがとうございます」

と言った。

「その代り――」

「もちろん。何も言いません」

「それだけじゃないわ」

「というと？」

「あなたには共犯者になってもらう」

「――どういう意味ですか？」

「私一人の名前でお金を引き出していると、目につく心配もある。だから、これからはあなたの名前も使わせてもらうわ」

「そんな……」

「それぐらいの覚悟はしてくれないと。――あなただって、弟さんの面倒を当分はみなきゃいけないし、自分の遊ぶお金だって欲しいでしょ？　いつも同じ服を着回してるのは目立ってるわよ」

洋子は目をそらした。

「いいじゃないの。二人で楽しくやりましょうよ」

恒子は洋子の肩に手を回した。「私も仲間ができれば嬉しいわ。どう？　〈ミシェル〉にも会わせてあげる」

「私はそんな……」

「付合ってもらうわよ。むろん、いつもじゃない。でも、一度でも、学園のお金で遊べばあなたは立派な共犯者。――いいわね」

肩をギュッとつかんだ恒子の力は、洋子を怯《おび》えさせるに充分だった。

「分りました」

と、小さな声で言って肯く。

「じゃあ、今度の週末にね。大丈夫、行ってみれば楽しいわよ」

恒子は微笑んで、車のエンジンをかけた。

「これから二人で乾杯しましょう」

「え？」

「心配しないで。家の近くで、この車を置いてから、一杯やろうってだけよ」

「でも……」

「大丈夫よ。今夜は私のお金でおごってあげるから」

と、恒子は言って車を出した。


「ごちそうになってしまって恐縮です」

と、村上刑事が言った。

「同じこと、何度も言わないで」

と、有里が笑って言った。

「有里がご迷惑をおかけしてますから、そのお詫《わ》びです」

と、文乃が店の人の持って来たカードの伝票にサインして言った。

文乃のカードといっても、もちろん支払いは幸代。文乃としては自分がごちそうしたわけではない。

「じゃ、行きましょ」

と、文乃は立ち上って言った。

個室を出て、レストランの入口の方へ向ったが、

「ちょっとお手洗に寄ってくわ。有里、お店にタクシー、呼んでもらって」

「うん、分った」

有里はレジの女性にタクシーを頼んだ。

「――旨《うま》いワインだった！」

と、村上は息をついて、「もう一生飲めないな、あんなワイン」

「事件が解決したら、ここでお祝いやろうよ」

と、有里は言った。

「いらっしゃいませ」

と、レジの女性が入って来た客に言った。

「予約した――」

「永田様でいらっしゃいますね。いつもありがとうございます」

恰幅《かっぷく》のいい紳士と、明るい色のワンピースを着た女の子がレストランへ入って来た。

有里は何となくその女の子を見ていたが――。

「あ……」

と、その子が気付いて、「学園の……」

「ああ！　編入して来た人だね」

「永田エリです」

と、少女は言って、「お父さん、入学手続に行ったとき、案内してくれた……」

「そうか。同じ高一？　それはありがとう」

「いえ」

「エリの父です。娘をよろしく」

「天本有里です」

「天本？――〈興津山学園〉に、画家の天本幸代さんのお孫さんがおいでと聞きましたが、もしかして……」

「はい。私の祖母です」

「それはそれは。――天本さんの絵は大好きでしてね。今も精力的に描かれていますね」

「今は凄《すご》く大きな壁画に取り組んでいます」

「それはすばらしい。――いや、失礼」

「あ、天本さん」

と、エリが言った。「演劇部のスターなんですよね」

「スターじゃないわよ」

有里はちょっと照れて赤くなった。

「でも、聞きました。この間、プロのお芝居に出演したって」

「ああ、〈空洞〉って劇団をやってる風宮さんが、うちの演劇部の顧問なの。それで、風宮さんの公演にちょっと出してもらったのよ」

「私、演劇部に入りたいんです！」

と、エリは言った。

「本当に？　もちろん歓迎よ。じゃ、明日にでも部室へ案内してあげる」

「お願いします！」

目がキラキラして、今どきこんな子って珍しい、と有里は思った。

「おい、エリ。あんまりご迷惑かけるんじゃないぞ」

と、永田が言った。

「迷惑だなんて。今度の文化祭でもお芝居をやるのよ。それを見てから入部した方がいいかもしれないわね」

「分りました」

「ね、同じ高一なんだから、そんな言葉づかいしないで」

「でも、何だか……」

そこへ文乃がやって来た。

「有里、お知り合い？」

有里は母を永田に紹介した。——気が付くと、村上刑事は一足先にレストランの外へ出ている。

「では失礼します」

永田が会釈して、エリと一緒に店内へと案内されて行った。

「——タクシーが参っております」

と、レジの女性が言った。

「ありがとう。有里、行きましょ」

「うん」

二人は表に出た。正面にタクシーが待っている。

「村上さん、駅まで送りましょう」

と、文乃が言ったが、

「いや、酔いをさますのにちょうどいいので、歩きます」

「そうですか。では……」

「ごちそうになりました」

と、村上は一礼した。

文乃が先にタクシーに乗り、有里が続こうとすると、

「有里君」

と、村上が言った。「あの永田って人を知ってるのかい？」

「え？　父親の方？　今初めて会ったのよ。どうして？」

「そうか……」

村上は何か考えているようだったが、「いや、何でもないんだ。それじゃ」

「何かあったら連絡してね！」

「分った」

村上はタクシーを見送って、手を振っていた。

「ゆっくり話すと、なかなか面白い人だわね」

と、文乃がタクシーの中で言った。

「村上さんのこと? そうだね」

「でも、あんたはまだ十六よ。恋するには早いわよ」

有里は目を丸くして、

「あっち四十だよ! 父親の年齢じゃないの」

「じゃ、惚《ほ》れてるんじゃないのね?」

「当り前でしょ」

「それならいいわ」

——突拍子もないこと考えるんだから、お母さんは!

有里は、自分がこの母と似ているとしたらちょっと怖い、と思った……。

12 ぼやけた顔

すぐに酔いは回って来た。

店の中の空気のせいもあるのかもしれない。

もともと洋子はアルコールに強い方ではない。宴会に出ても乾杯のビールの他は、せいぜい軽いカクテルぐらいである。

　それが……。シャンパン一杯でこんなに顔が熱くなるなんて。

「これは私の部下でね、洋子ちゃんっていうの」

と、原口恒子――ここでは太田恒子――が洋子の肩を抱いて、「凄《すご》く真面目な、いい子なのよ。誘惑しちゃだめよ」

　笑いが起きる。――三田洋子は、情ないほど緊張していた。

　無理に連れて来られたとはいっても、こっちはもう三十過ぎの大人なのだ。取り囲んでいるホストたちは、まだせいぜい二十五、六か、もしかしたら十代かと思うような若い子もいる。

　ゆったり構えていればいい、と思うのだが、ソファの席に座るなり、ホストの男の子がすぐそばにピタリと体を密着させて座ると、それだけでどぎまぎしてしまう。

　満員電車でもなければ、こんな風に男性とぴったり身を寄せ合うことはない。

　恒子は早々に〈ミシェル〉という男の子と、奥のソファの方へ行ってしまった。

〈ミシェル〉は確かにこの店のホストの中でも美形だった。二十三、四というところか。

五十歳の恒子から見れば息子のような年齢だ。

　しかし、洋子も舌を巻くほど、〈ミシェル〉は巧みに恒子を喜ばせ、笑わせ、陽気にさせている。仕事とはいえ、大したものだと思った。

「洋子ちゃんは地味な格好してるんだね」

「ちゃん」付けで呼ばれて、恥ずかしくなった。

「こういう趣味なの」

と、洋子は言った。「おばさんだもの、もう」

「そんなことないよ！　若いし、きれいだよ！」

「ありがとう。誰にでもそう言ってるんでしょ？」

「そりゃ、仕事だからね」

と言って笑うと、「でも、洋子ちゃんに関しては本気。もっと若々しい服装にすればいいのに」

あまりうわついた感じのしない男性だった。

「だって……もう三十一だもの」

洋子がそう言うと、相手は目を見開いて、

「同い年だ。じゃ、僕も『おじさん』だね」

と言った。「乾杯しよう。――何がいい？」

「もう酔って来て……。じゃ、軽いカクテルでも」

「まだお店に入って来て十五分しかたってないよ」

「本当？　もう一時間もたったかと思った」

「僕は――清士《きよし》。本当は〈ポール〉って言わなきゃいけないんだけど。洋子ちゃんって本当の名でしょ？」

「ええ……」

「じゃ、僕も本当の名で。〈清士〉って書くんだ」

テーブルに指で名を書く。

「弟は広士っていうの。同じ〈士〉だわ」

「弟さん？」

「ついこの間、結婚したの」

何か話していないと落ちつかなかった。ぴったり身を寄せたまま黙ってしまったら、もっと緊張してしまいそうだった。

「洋子ちゃんも結婚してるの？」

「まさか。——結婚してたら、来ないでしょ、こんな所」

と言ってしまってから、「ごめんなさい。『こんな所』って、失礼よね。あなたの職場なのに」

と、急いで続けた。

清士という男は、じっと洋子を見つめて、

「本当に真面目な人なんだね」

と言った。「いいなあ。洋子ちゃんみたいな、飾らないお客さんって珍しいもの。——いいよ、『こんな所』で。本当にその通りだもの。もちろん、それを承知で、気休めになるからってみえる人もいるけどね」

「私は……却《かえ》って疲れちゃう」

と、洋子は正直に言った。

「じゃあ、無理することないよ。あの太田さんは、遊び方を心得てるけど、そこまで行くには、ずいぶん足を運ばないと。今夜は、でももう少しいてね。あんまりすぐ帰られると、僕の接客が悪かったって思われちゃう」

「ええ……。でも、何すればいいの？」

「あなたはお客なんだから」

と、清士は笑って、「何もしなくっていいんだよ。僕が相手をするから」

肩に手が回って、引き寄せられる。洋子はドキッとして、身を固くした。

「そんなに固くならないで。まるで学校の先生みたい」

洋子はあわてて目をそらした。

「え？　本当に先生なの？」

「いえ……。学校だけど、ただの事務員よ。安月給だわ。あの——太田さんと違って」

この前、怖い思いをして、あの永田に助けてもらったときは、つい「教師です」と言ってしまった。その方が、相手も手出しして来ないかと思ったのだ。

永田は、洋子のことに気付いているだろうか。

「がっかりさせてごめんなさい。私は、とてもここへ通う余裕はないの。今日は太田さんに連れて来られただけで……」

「また、そんなこと言って。お客さんはもっと偉そうにしてりゃいいんだよ」

と、清士は言った。「さあ、もう一杯ぐらい大丈夫でしょ？」

赤の他人と体を押し付け合って、体温を感じているのは、ふしぎな感覚だった。

洋子が知っている男は、大学生のときに付合った講師一人だった。付合は半年ほどで終り、結局遊ばれただけと分って、「男なんて、もうこりごり」と思った。

抱かれたときの感じも、全く憶《おぼ》えていない。今、清士の腕に捕えられているのが、ふしぎに快く感じられた……。

少しすると、恒子がやって来て、

「私は〈ミシェル〉と、ちょっと出てくるわ。あなた、どうする？」

「もう……帰ります。酔っちゃって、頭が痛いし」

「好きにして。じゃ、この人、タクシーに乗せて」

「任せて下さい」

と、清士が言った。「とっても話が合うんですよ」

「良かったわ。じゃ、洋子ちゃん」

恒子は先に店を出て行った。〈ミシェル〉と、しっかり腕を組んでいた。

「さあ、太田さんも行っちゃったし、のんびりしようよ。ね？」

清士にそう言われると、「帰る」とは言い出しにくい洋子だった。

しかし、二十分もすると本当に酔って来て、トイレに立つときもふらつくほどだった。

席に戻って、

「ごめんなさい。もう失礼するわ」

と、清士に言った。

「分った。じゃあ、タクシーを呼ぶから」

「いいえ、歩くわ。その方が酔いもさめるし……」

と言ったが、

「だめだめ。後で僕が太田さんに怒られちゃうよ」

と言われると、無理も言えず、あと十分ほど座っていることになった。

「あの……ここの支払いは？」

と、心配になって訊《き》くと、

「大丈夫。太田さんの方と一緒だから」

「そう……」

その金は、学園から「盗んだ」お金なのだ。私も、もう共犯者なのだ。

「さあ、もうタクシーも来るよ」

と、清士が立ち上る。

支えられないと、急な階段を上るのは辛《つら》かった。

「ああ、風が冷たいね」

「でも、私には気持いいわ」

「あ、タクシーだ。あの車」

「ありがとう、清士さん」

と、洋子は言った。「楽しかったわ」

「本当に？」

と訊かれて、

「ちょっと──疲れたけど、でも、こんな経験、初めてですもの」

と、正直に言った。

「いい人だな、洋子ちゃんって」

「そんなこと……。じゃあ」

タクシーのドアが開く。

「それじゃ──」

と、洋子がタクシーに乗り込もうとしたときだった。

清士がいきなり洋子を抱きしめてキスした。息ができなくなるようなキスだった。

洋子は一瞬、めまいがして、立っていられなくなった。清士の腕に身を預けて、されるままに唇を奪われていた。

そして──気が付いたときにはタクシーに乗っていた。

振り返ると、清士が手を振って、見送っている。

洋子は座席に身を委《ゆだ》ねて、何度も息をついた。体が燃え立つように熱い。

「どちらへ？」

運転手に訊かれて、やっと洋子は我に返った。

「やあ、どうも」

そのガードマンに声をかけられて、文乃はちょっと面食らった。

「あの……失礼ですけど……」

「荒川です。先日の――」

「ああ！　すみません！」

〈Mモール〉へ来ていた。

この前、元の夫、坂田が尾行していると心配して知らせてくれた人だ。

この前は私服だったが、今日はガードマンの制服を着ているので分らなかった。

「ごめんなさい。私、すぐ人の顔、忘れちゃうので」

と、文乃は言いわけした。

「いやいや。ガードマンなんて仕事は、目立たない方がいいので」

と、荒川は笑って言った。「今日はお買物ですか」

「ええ、まあ……。ちょっとお友達と待ち合せていますの」

文乃は、モールの中のフリースペースに来ていた。

モダンな椅子がアトランダムに並べられていて、文乃はその一つに、少々落ちつかない気分で腰かけていたのである。

「そうですか。また何かあったら、いつでも声をかけて下さい」

と、荒川は愛想よく言って、エレベーターの方へ歩いて行った。

「本当にもう……」

と、文乃はため息をついた。

画家の母、幸代は、一度見た人の顔はまず忘れない。ただし、重要でない人間に関しては消去できる、便利な才能を持っているようだった。

しかし、文乃は母からそういう能力をまるで受け継いでいないらしい。有里が小学生のころから、担任の先生の顔が憶えられなくて困った。

有里もその内、先手を打って、

「お母さん、あれが担任の先生」

と、耳打ちしてくれるようになったが、情ない話だ。

「あんたはいつもぼんやりしてるから」

と、幸代に言われる。

「好きでぼんやりしてんじゃないわ」

と言い返してみるのだが……。

「――おい」

気が付くと、目の前に坂田望が立っていた。

「あら、いつ来たの？」

「お前、全然気が付かないから」

と、坂田は笑って、「変らないな、お前は」

「まあね」

と、文乃は立ち上った。「それで、話って？」

「お前が話があるって呼び出したんだぞ」

坂田が面食らって、

「あ、そうだった」

咳払《せきばら》いして、「ちょっと考えごとしてたのよ。――お茶にする？」

「昼間から酒ってわけにもいかないだろ」

結局、やたら若い女性ばかり入っているティールームに入った。落ちついて話をするという雰囲気ではないが、仕方ない。

今日も坂田は、なかなかパリッとしたスーツ姿だった。少なくとも、文乃にこづかいをせびるようなところはない。

「気になったの、この間のこと」

と、紅茶にミルクを入れながら、「あなた、どうして私のことを尾《つ》けてたの？　何か言いたいことがあったんじゃないの？」

坂田はコーヒーをブラックで飲んで、

「今ごろそんなこと言われてもな」

「無理してる」

「何が？」

「あなた、コーヒーはいつも、いやになるくらい甘くして飲んでたわ。ブラックで飲むなんて、何か格好つける必要があるからね」

変なことを憶えているものだ、と文乃は自分で感心した。

「そりゃ、俺だって少しは見栄《みえ》を張りたくなることがあるさ。当然だろ」

「でもね。あなたがそうして格好つけるときって、たいていろくでもないこと考えてるときなのよね。違う？」

坂田は少しの間、じっと元の妻を見つめていたが、

「――そうか。お袋さんに言われたな、何か」

「当り」

と、文乃は素直に認めた。「でも、今日ここへ来たのは私の考えよ」

「相変らずか、お袋さんは」

「今は大作の壁画に取り組んでるわ」

「へえ。大したもんだな。あれくらい有名になりゃ、サラサラッとスケッチでもして売りゃ何百万とかになるだろ。楽でいいじゃねえか」

「そんなの、母が一番嫌うことだわ」

「そこが普通の人間と違うんだな。俺は残念ながら平凡な人間なんでね。楽して金が入って来りゃその方がいい」

「あなた。――何をしてるの、今？」

と、文乃は身をのり出して訊いた。

「お前に関係ねえだろ」

「あるわよ。特に、有里はあなたの娘よ。あなたとの縁は切れないわ」

文乃の言葉に、坂田はちょっと目をそらした。やはり、何かやましいことを抱えているのだ。

「あなた、お願いよ。有里が悲しむようなことはやめてね。有里には、これから人生が始まるのよ」

「相変らず大げさな奴だ」

と、坂田はコーヒーを飲み干すと、「もう行くぜ。今は俺も結構忙しいんだ」

「待って。連絡先を教えて」

今日は坂田の古い知り合いに頼んで連絡してもらったのだ。

「何だっていうんだ」

「有里のことで、何か連絡しなきゃいけないことがあるかもしれないでしょ。せめてメールアドレスぐらい聞いとかないと」

坂田も、さすがに有里の名前を出されると無視するわけにもいかず、

「分った」

と、ケータイを取り出した。


「あら、荒川さん。どうしたの？」

と、ショッピングモールの中の売店の女の子が、声をかけた。

「いや、ちょっと昨日から風邪気味でね」

と、私服に着替えた荒川は言った。「早く帰って寝ようかと思ってさ」

「あら、珍しいわね、荒川さんが。気を付けた方がいいわ。いつも忙し過ぎるのよ」

「ありがとう。それじゃ」

「お大事に」

と、手を振ってくれる。

荒川はちょっと手を上げて見せて、ショッピングモールの出口へと向ったが……。

途中、荒川は足を止めると、スーパーの入口辺りで、品物を見るふりをして、待った。

少しして、あの坂田という男がやって来て、出口へ向うのが見えた。

荒川は少し間を置いて、その後を尾けて行った。

坂田はショッピングモールを出ると、少し迷っている様子だったが、やがてちょっと肩を揺すって歩き出した。

荒川は車寄せの係の男に軽く会釈すると、坂田を追って歩いて行った……。

13　新人

「ね、見た？」

昼休み、有里の隣の席に来ると、城所真奈が言った。

「――何よ」

有里はサンドイッチをつまみながら、「いきなりそう言われたって分んないよ」

「事務室の新人さんよ」

と、真奈は意味ありげに言った。

「ああ。――例の、洋子さんの？」

「そう。見ちゃった、さっき」

「へえ。じゃ、ちゃんと来てるんだ」

「ねえ。事務長さんと三田さん、どうなったんだろうね」

三田洋子の弟を雇うかどうかを巡って、事務長の原口恒子と三田洋子がやり合っていたのを、有里たちは耳にしている。

「結局、洋子さんの方が要求を通したってわけね」

と、有里は言った。

「信じらんないね！　原口さんに逆らって、しかも勝つなんて」

「それほど大げさなことじゃないでしょ」

と、有里は苦笑した。「ちゃんと仕事してた？」

「広士さんっていうのよ、あの弟。まだコピー取ったり、郵便出したり、みたいな初歩的なことしかやってないみたい。ともかく、仕事なんてしたことないんじゃないの」

「へえ。その内、見に行ってみよう」

「だけどさ……」

「何よ？」

「あれ、どういう意味だったと思う？　三田さんが言った〈ミシェル〉と、〈太田〉のこと」

そう。有里もそのことは気になっていた。

あの原口恒子が三田洋子に譲ったとしたら、それはよほどのことだろう。

「〈ミシェル〉ね……。何のことなんだろう？」

と、真奈が首をかしげた。

「うん……。でも、まあいいじゃない」

有里はサンドイッチに手を伸した。真奈が一切れパッと取って、口へ入れる。

そのとき、噂をすれば、というところで、教室を覗《のぞ》いている男性が目に入った。

「あれだよ！」

と、真奈が言った。

あれが三田洋子の弟か。——有里は手を止めて、教室の入口で、ちょっと困ったように立っている若い男を眺めた。

「ええと……天本有里君って……」

有里はびっくりして、

「私です」

と、手を挙げた。

男はホッとした様子で、

「君か。良かった。事務室に来てくれないか」

「はい」

有里は席を立って、「真奈、サンドイッチの残り、あげる」

「いらないよ。その代り、付き添い」

と、真奈は一緒に立ち上った。

有里は「付き添い」の真奈と一緒に事務室へと向った。

呼びに来た三田広士は、歩きながら、

「君のことは聞いてるよ」

と、有里に言った。「演劇部ではスターだそうじゃないか」

「ただの一年生部員ですよ」

と、有里は言った。「洋子さん──三田洋子さんの弟さんなんですよね」

「知ってるの？」

「お姉さんから聞いてます」

「どうせいい話じゃないよな」

と、広士は笑って言った。

「あんまり働く気がないんだ、って言ってましたよ、お姉さん」

「まあ、そう言われても仕方ないか」

と、広士は言った。「ファックス一つ送れないんだ。情けないよ」

「そんなの、誰だって最初はそうですよ」

「ありがとう、慰めてくれて」

「あ、結婚したんですよね。おめでとうございます」

「何だ、そんなことまで言ってるのか、姉貴の奴」

「いいじゃないですか。凄《すご》く嬉《うれ》しそうでしたよ」

事務室の少し手前まで来ると、ドアが開いて、当の三田洋子が出て来た。

「ああ、すぐに分った？」

と、広士へ訊《き》く。

「ちょうど教室にいてくれたんだ」

「洋子さん、ご用って──」

「ええ、事務長さんがお話があるって。中でお待ちよ」

「分りました」

「じゃ、私、ここで待ってる」

と、真奈が言った。

「あら、大丈夫よ、一緒でも」

と、洋子が言った。「広士、今夜は私、高校のときのお友達と会うから、遅くなるわ」

「分った」

と、広士は肯《うなず》いて、「アケミにそう言っとくよ」

「アケミさんって奥さんですか」

と、有里が言った。「三人で一緒に暮してるんですか？」

「そうじゃないのよ」

と、洋子が言った。「広士たちは近くのアパートに住んでるの。ただ、夕食をよく一緒に食べるから」

それじゃ、と洋子は広士に声をかけて足早に立ち去る。

「──三田さん、お洒落《しゃれ》になったね」

と、真奈が言った。

「そうだね」

有里も、洋子を一目見て、洋服が明るく派手になったことに気付いていた。

そのせいで、何だか若返って見える。弟が結婚したせいもあるのかもしれない。

事務室の中へ入ると、奥の席で原口恒子がすぐに立ち上って、

「天本さん、ごめんなさいね、休み時間に」

「いえ……」

「座って。――ちょっとお願いがあって」

有里が応接セットに腰をおろすと、

「手短に言うわね」

と、原口恒子は向い合って座り、「急なことで申し訳ないんだけど、あなたのお祖母《ばあ》様に、講演していただけないかと思って」

「祖母に、ですか……」

「今度の文化祭なの。講演を頼んでた方が、急病で倒れてね」

「ああ、作家の――」

「そうなの。一昨日連絡が入ったのよ。こっちもびっくりして……。倒れたのは、半月ぐらい前だったらしいんだけど、秘書の人が学校関係の仕事を、しっかりつかんでなかったらしくて、連絡が遅れたのね」

「それじゃ大変ですね」

「そうなのよ。学園長も今、海外だし。――本当に急な話で、時間もないし、申し訳な

いんだけど、伺ってみてもらえないかしら」

有里は少し考えていたが、

「もちろん、祖母に話します」

と言った。「ただ、今、祖母はとても大きな仕事にかかっていて。描いてるときの祖母は凄い集中力なんです」

「そうでしょうね」

「引き受けてくれるか、話してみないと分りません」

「ええ、もちろんそれはよく分るわ。ただ、時間がないので、もし断られた場合に他を当る余裕がね。――悪いけど、お引き受けいただけるかどうかだけでも、明日、教えてほしいんだけど」

「明日ですか。分りました」

「ごめんなさい、無理を言って」

「いえ、そんなこと……」

「これを――」

と、原口恒子はメモを取り出して、「これ、私のケータイの番号。何かあったら、ここへかけて」

「はい、分りました」

「じゃ、よろしく」

と、恒子は立ち上った。「お祖母様は何を描いてらっしゃるの？」

「何だか、凄く大きな壁画のようです。詳しいことは知りませんけど」

「まあ。それは楽しみね」

有里は、真奈と二人で事務室を出た。

「有名人の孫も大変だね」

と、真奈が言った。

「別にそんなこと――」

と、有里が言いかけると、

「天本君」

と、三田広士が後ろから声をかけて来て、「ごめん！　今の事務長さんの話で、講演料のことを言い忘れてた、って」

「あ、そうですか」

「この手紙に、講演の時間とか、細かいことが書いてあるから。渡してくれるかな、天本画伯に」

「画伯ですか」

と、有里は笑った。

「そう言うんだろ？」

「全然そんな感じじゃないけど」

と、有里は言った。

広士が事務室へ戻って行くと、真奈が言った。

「結構真面目にやってんじゃない」

「うん……」

確かに、有里が想像していたよりも、三田広士はきちんと働いている。ただ——有里は風宮の、殺された妻、さくらの元恋人が三田広士だったことを知っている。

むろん、どの程度の仲だったのかは分らないが……。

「さ、教室に戻らないと。お昼休み、終っちゃう！」

と、有里は真奈を促した。


「いいわよ、別に」

と、天本幸代は言った。

「——え？」

有里はちょっと間が抜けた感じで、「いい、って……やってもいい、ってこと？」

「講演でしょ？　構わないわよ」

あまりにアッサリと引き受けてくれたので、有里は却《かえ》って面食らっていた。

「良かったじゃない」

と言ったのは真奈だった。

——天本家の夕食の席。

真奈が、母親が温泉に行って留守だというので、有里の方から、

「じゃ、今夜、うちに泊ったら？」

と誘ったのである。

「お祖母ちゃん、ありがとう」

と、有里は言った。「やってくれないかと思ってた」

「どうして？」

「だって……今、大きな仕事にかかってるんでしょ」

「いくら仕事してるったって、一日中絵のことばっかり考えてやしないわ。大体そんなんじゃ、ろくなものは描けないわよ」

と、幸代は言った。

「じゃ、明日、原口さんに伝えとく。——お祖母ちゃん」

「うん？」

「講演、私も聴いていい？」

「まあ」

幸代は苦笑して、「聴いてもいいけど、『あ、家でやってることと全然違う』とかって笑わないでよ」

「笑わない。必死でこらえるよ」

食卓は笑いに包まれた。——むろん、母、文乃も一緒である。

「そういえば、文乃」

「え?」

「坂田さんに会ったんでしょ? どうだったの?」

文乃は面食らって、

「あ——それは、その——」

「お父さんと会ったの?」

と、有里は訊いた。

「まあ……ね。お母さん、有里の前で——」

と、文乃は幸代をにらんだが、

「変に隠さない方がいいのよ。有里は大丈夫」

「でしょうけど……」

「お父さんと、何か話があったの?」

「いえ、ちょっと気になることがね……」

仕方なく、文乃は坂田と会うことにしたいきさつを話した。

「——じゃ、お父さん、何か良くないことを?」

「まだ分らないわよ。でも、有里のことはとても心配してるから、そう悪いことに手を染めたりしないと思うわ」

文乃としては、こう言うのが精一杯である。

母親は私なんですからね！

幸代に向って、そう言ってやりたいのは山々だったが、とてもそんな度胸はない。

「いいよ、別に」

と、有里は気にとめない様子で、「お父さんが何してようが、私には関係ないもん」

「そうよ」

と、幸代は肯いて、「さ、今日は私がコーヒーをいれてあげましょうね」


「有里のお祖母さんって、やっぱり自信たっぷりだね」

有里の部屋に入って、真奈は言った。

「そうだね。何てったって、〈天本画伯〉だもん」

と言って、有里は笑った。

有里の部屋は結構広いので、ベッドの他に、広げるとベッドになるソファが置かれている。勝手知ったる真奈は早速ソファを広げて横になると、

「原口さん、喜ぶだろうね」

と言った。

「そうね。――今、電話して知らせとこうかな」

「いいんじゃない？　まだ十時前だし」

「うん」

有里も真奈と並んで寝そべると、ケータイを手にした。原口恒子から聞いたケータイ番号は登録してあった。

かけて、しばらく呼出し音が続いた。

「——出ないね。明日でいいか」

と、切ろうとしたとき、

「もしもし？」

と、向うが出た。

有里は面食らった。男の声で、しかも周囲がやたら騒がしい。かけ間違えたのかと思った。

「あの——」

と、有里が言いかけると、

「おい！　勝手に出ちゃだめだ」

と、誰かが言っているのが聞こえた。

「ここにあったから——」

「ちょっと待て。おい、ミシェル！　太田さんのケータイに電話だ」

向うで何かバタバタしているのが伝わって来た。——有里は、一緒に耳を傾けていた真奈と顔を見合せた。

「今、『ミシェル』って言った？」

と、真奈が言った。

「うん。『太田さんのケータイ』って……」

「もしもし」

原口恒子の声だ。

「あの――すみません、天本有里ですけど」

と言うと、

「あ、ちょっと待ってね。今……」

少しして、急に静かになると、「ごめんなさい！　お友達のパーティに出てたんで、やかましかったでしょ」

「いえ……。あの、文化祭の講演の件で。祖母は引き受けるそうです。それを早くお知らせしようと思って。お邪魔してすみません」

「いえ、いいのよ！　お引き受けいただけるのね。ありがとう。正式なお手紙を差し上げるわ、明日にでも」

「分りました」

「ファックスでもいいかしら？　時間がもったいないので」

「ええ、もちろんです。じゃ、よろしくお願いします」

「ありがとう。ごめんなさいね、うるさくって」

——通話を切ると、有里と真奈は少しの間黙っていたが……。

「真奈、どう思う？」

と、有里は言った。

「うん……。何か変だったよね」

「あれって、パーティっていうより、どこかのお店じゃない？」

「たぶんね」

二人とも同じことを考えていたのだろう。

「——ホストクラブ？」

と、同時に口に出した。

「『ミシェル』って、きっとそこのホストの名前だよ」

と、真奈は言った。

「そして『太田さん』って……原口さんのこと？」

「きっとそうだよ」

でも……もちろん、それは推測でしかない。

しかし……。

「とんでもないもの、聞いちゃったね」

と、真奈は言った。

「うん……。ともかく、今は黙ってよう。誰かに言うっていっても、それが悪いことだってわけじゃないし」

「まあ、そうだね」

「原口さんがホストクラブで遊んでたって、罪にはならないよ」

そう言いながら、有里は、なぜ三田洋子が「ミシェル」と「太田」の二つの言葉で、原口恒子に要求を通すことができたんだろう、と考えていた……。

14　危い遊び

「どう？」

と、アケミは少し不安そうに言った。

三田広士は口の中で少し味わってから、

「――うん、旨《うま》い！」

と肯《うなず》いた。

「本当？　無理しないでよ」

「いや、本当さ。これこそ家庭の味だろうな！」

アケミは笑って、

「それ、ほめてるの？」

「もちろんさ」

「ともかく、いいわ。信じとく」

二人は食事を始めた。

小さなアパートだが、新しいので使い勝手はいい。

アケミは自分で料理を作るという、人生でもほとんど挑戦したことのない「冒険」をやったところだった。

「――味はしてるわね、一応」

と、アケミは自分で食べてみて、「私、おいしいものなんて、小さいころから食べてなかったの。だから、どういう味がおいしいのか分らない」

「充分だよ、これで」

と、広士は言った。「俺だって、高級フレンチなんて、さっぱり旨いと思わない」

「いい旦那《だんな》さんね」

と、アケミは言って、「ご飯だけはうまく炊けたわよ。説明書通りにやったから」

――一体、私はどうしちゃったんだろう？

アケミ自身が、一番びっくりしていたに違いない。

こんな男と「夫婦ごっこ」みたいな真似をして、こうしてパッとしないアパートで晩ご飯を食べている。しかも、それを楽しいと感じている自分がいる。

ほんの前までは、こんな暮しはアケミの一番嫌うもののはずだった。

私は命をかけて仕事をする。冷静に人を殺す。――そういう生活に張り合いを感じていた。

それなのに……。今、こうして顔を突き合せて広士と食事していることが、嬉《うれ》しいのだ……。

私、この人を愛してる？

まさか……。

玄関のドアを叩《たた》く音がした。

「誰だろ？」

と、広士が腰を浮かす。

「広士！　起きてる？」

という声がした。

「姉貴だ！　――どうしたんだ？」

広士が急いで玄関のドアを開ける。「姉さん、どうしたんだよ？」

「あら、食事中？　ごめんなさい」

「酔ってるの？　珍しいな！」

洋子は少しふらつきながら入って来ると、

「アケミさん、突然ごめんね！」

「いいえ。今、私の手料理を食べさせてたところです」

「まあ、偉い！　広士、アケミさんに逃げられないようにしなくちゃだめよ！」

「分ってるよ。上って、酔いをさましてく？」

「大丈夫。お邪魔しないわ。新婚家庭の邪魔をするほど野暮じゃなくてよ」

洋子は手にした紙袋を差し出して、「これ、おいしいのよ、マカロン。——良かったら食べて」

「まあ、すみません」

と、アケミが受け取ると、「お姉さん、本当に上がって行きません？」

「まあ……。『お姉さん』だなんて……。そんな風に呼んでくれる人がいるなんて、夢のようだわ」

洋子は涙ぐんで、「いやね。酔うと涙もろくなるのかしら」

「大丈夫かい？　送ろうか？」

「平気！　あんたに気をつかわれちゃ、私、困っちゃうわ」

洋子はそう言って笑うと、「じゃ、アケミさん、おやすみなさい！」

と、手を振って出て行った。

「やれやれ」

と、広士は苦笑して、「どうしちまったんだ？　あんな姉貴、初めてだよ」

「そう……」

「ま、少しは姉貴も人生を楽しまなきゃな」

と、広士は食卓に戻って、「後でコーヒーでもいれて、マカロンを食べようか。こんなもの、旨いのか？」

「有名なお店よ、そこ」

「へえ、知ってるのか。さすが女の子だな」

「奥さんを捕まえて、『女の子』はないでしょ」

と、アケミは言った。「まだ食べる？」

「ああ、もう一杯食べるよ。太っちまいそうだな」

アケミは、ふと玄関の方へ目をやると、

「お姉さん、服が派手になったわね」

と言った。


「何度も申し上げてあるでしょ！　こういうことじゃ困るんですよ！」

原口恒子の声は、廊下に響き渡った。

お昼休みでざわついているとはいえ、たいていの子が、一旦おしゃべりをやめて、その声に耳を傾けた。

「何も、みんなに聞こえるように言わなくても……」

と、職員室へ戻ろうとしていた女性教師が眉《まゆ》をひそめて呟《つぶや》いた。

真奈も同感だった。

原口恒子に叱られているのは、今年から学園に来た青年教師で、まだせいぜい二十四、五歳だろう。いかにも気弱なタイプで、生徒への連絡事項などをよく忘れるので、原口恒子に叱られているのだ。

でも、いくら若くても相手は先生だ。事務長といっても、立場が違う。あんな風に言わなくたって……。

その青年教師は三隅研一《みすみけんいち》といって、英語の担当。真奈はちょっとしたことで、三隅が詩を書いたりしているのを知っていて、いい先生だと思っていた。

「どうも申し訳ありません」

と、何度も恒子に謝っている。

真奈は、母親に言われて在学証明書をもらいに事務室へ来ていた。

あらかじめ連絡しておいたのだが、窓口の人では分らず、耳にした三田洋子が、

「城所さんね？　分ってるわ。ちょっと待って」

と言ってくれた。

すぐに持って来てくれて、真奈は、

「ありがとうございます」

「何でも言って。弟にやらせるから」

と、洋子は明るく言った。

そう。有里も言ってたけど、三田さん、何だか変った。

洋子が自分の席へ戻る。真奈は事務室を出ようとして、ふと足を止めた。

一瞬の思い付きだった。事務室の中を見回す。誰も真奈の方を見ていない。

洋子は電話に出て話していた。

真奈は原口恒子の机へ目をやった。むろん、今は空席だ。

真奈は足早に原口恒子の机へ歩み寄ると、机の上に広げてある書類を見て、置いてあったサインペンで、その上に大きく〈ミシェル〉と書いた。

素早く廊下へ出ると、行き来する子たちの中へ紛れ込んだ。

「——もう二度とこんなことのないようにして下さいね」

と、原口恒子はしつこく三隅へ文句をつけてから、事務室へと戻って行った。

「先生、大変だね」

と、真奈は声をかけた。

「ああ、君か」

三隅はハンカチで汗を拭《ふ》きながら、「いや、僕がすぐ忘れちまうからいけないんだ」

「ね、先生、ちょっと来て」

と、真奈は三隅の腕を取って引張った。

「何だい？」

「いいから！　早く！」

真奈は三隅を事務室の中が見える窓の所まで引張って行った。

「どうしたんだ？」

「先生、事務長さんの様子、見てて」

中を覗《のぞ》くと、原口恒子は途中で部下と立ち話をしていた。そして終ると自分の席へ。

「ね、見てて」

と、真奈は言った。

席へ戻った原口恒子は、座ろうとして、気付いた。――愕然《がくぜん》としている。そして、左右を見回した。

いつもの自信たっぷりの様子とは全く違う、ほとんど怯《おび》えていると言ってもいいような姿だった。

「やった！」

と、真奈は思わず言った。

「君……。あれは何だったんだ？」

と、三隅がキョトンとしている。

「面白かったでしょ？」

「いや、びっくりしたよ」

三隅は真奈と一緒に廊下を歩きながら、「原口さんがあんな風に……」

「あんまり人のこと、怒鳴ってばっかりいるからよ」

「一体何をしたんだ？」

と訊《き》かれて、

「内緒。――じゃ、先生、また詩を書いたら読ませてね！」

と言うと、真奈は小走りに教室へと戻って行った。


「うん、それでいい」

と、風宮が言った。「――もう、後は本番で、ここで学んだことを忘れずにね」

有里は汗を拭《ぬぐ》って、

「ありがとうございました」

と言った。

「本当なら、当日も舞台を見届けたいところなんだが」

と、風宮は演劇部員たちを見渡して、「仕事が入っていてね。残念だ」

みんな、その事情は知っていた。〈夕暮姉妹〉の再演に向けて、マスコミ向けのＰＲなどで忙しくなっているのだ。

風宮のようなプロの演劇人に指導してもらっていること自体、ぜいたくなことである。

むろん、有里の母、文乃と古い知り合いということもあるが。

「――有里君」

と、風宮は帰り仕度をして、「お母さんによろしく言ってくれ」

「はい。〈夕暮姉妹〉、見に行きます」

「楽しみにしててくれ。もっとも、商業演劇の世界は色々大変だがね」

「少し手を入れるんですか？」

「今、少し縮めてるところさ。大きい劇場では、休憩時間をしっかり取らないといけないんでね」

「キャストにクレアさんが入るって、ネットに出てましたけど」

「まだ公表してないんだがね」

と、風宮は肩をすくめて、「まあ、テレビなんかで顔も売れて来ている。劇場としては、ぜひ出てほしいわけだ」

小倉クレアと風宮。――どういう仲なのだろう？　気にはなっていたが、正面切って訊くわけにはいかない。

「少し、クレアの出る場面を書き足してるんだ。まあ、全体には影響しないところだがね」

これが他人の話なら、きっと、

「そんなことで作品に手を入れるなんて、芝居を何だと思ってるんだ！」

と怒るだろう。

そう思うと、有里はおかしかった。

校舎の玄関へと向っていた二人は、事務室の前を通りかかった。ドアが開いて、三田広士が出て来ると、危うく風宮とぶつかりそうになった。

「あ、失礼」

と、広士は言って、「――風宮さん」

思いもかけなかった出会いだろう。風宮の方も同様で、

「君……」

と言いかけて、後が続かない。

「――どうも、色々と」

と、広士がわけの分らないことを言った。

「君がどうしてこの学校にいるんだ？」

と、風宮がやっと口を開いた。

「あの……姉がここの事務で……」

「ああ！　そうだったな」

と、風宮も思い出したらしい。「しかし、君はここで何してるんだ？」

有里は、

「ここで働いてるんです」

と説明した。

「そうか……」

「あの……さくらさん、お気の毒でした」

と、広士が言うと、風宮はちょっと眉をひそめた。

確かに、今ごろ広士からそんなことを言われたくないだろう。

「広士さん、結婚されたんですよ」

つい、有里は言っていた。

「ほう……。それはおめでとう」

風宮は素気なく言った。

「どうも……」

ともかく会話は弾みそうもなかった。

有里は風宮を促して、

「行きましょう」

と言ったのだが、そのとき広士が、

「さっきニュースで」

と言い出した。

「何だね？」

「さくらさんを殺した犯人が捕まったと」

「何だって？」

有里もびっくりして、

「広士さん、本当？」

と訊いていた。

「ともかく、さっきテレビでやってたんだ」

と、広士は肩をすくめて、「嘘だと思ったら――」

有里はケータイを取り出すと、急いで村上刑事へかけた。


「それがね、はっきりしないんだ」

と、村上刑事は言った。

「でも、テレビのニュースで流れたって」

「洩《も》れちゃったんだ。正式な発表じゃないんだよ」

村上の口調は苦々しげだった。

「捕まったって――」

「自首して来たんだ」

「自首？」

「うん。それが怪しいんだよ。どう見ても、お芝居なんかと関係のなさそうな、組の若い男でね」

「暴力団ってこと？」

「ああ。よく、どこかの組の幹部が撃たれたりすると、捜査が進まない内に自首してくる奴がいるだろ」

「それって、上からの命令で自首するんでしょ？」

「そうなんだ。本田靖《ほんだやすし》って男なんだが、風宮さくらを殺した、って言ってるだけで、動機も具体的な状況も、はっきり言わない。たぶん、身替りじゃないかと思うが、そんな男がどうして、誰に言われて出頭して来たのか……」

さくらが、暴力団に係《かかわ》っていたとは考えられない。

「ともかく、もう少し詳しいことが分ったら連絡するよ」

「ええ。ごめんなさい、邪魔して」

と言って、有里は切った。

そばで待っていた風宮は、有里から話を聞いて、

「――妙な話だな」

「ねえ。――何か分ったらお知らせが行きますよ、そちらにも」

「そうだな。ありがとう。じゃあ……」

風宮はそのまま廊下を行ってしまった。

広士は風宮を見送って、

「相変らず、格好つけてるな」

と、首を振って、「さくらが、あんな奴のどこに惚《ほ》れたのか分らないよ」

「広士さん」

と、有里が言いかけると、

「おっと、急がなきゃ」

と、広士は書類を手に「姉貴に叱られちゃう。じゃ、また」

と、足早に行ってしまう。

有里は何だかスッキリしない気持で立っていた。

本田とかいう男が、明らかに「身替り」として、さくらを殺したと自首して来た。

身替りということは、「本当の犯人」が、本田に行かせたということだろうか。

でも、今、なぜ？

誰か怪しい人間が捜査線上に浮かんでいるのならともかく、少なくとも村上の話では、具体的な容疑者の名前は出ていない。

こんなときに、わざわざ「殺した」と名のり出て、しかも「身替り」だということが誰にでも分る。却《かえ》って、その本田という男から、何かが知れる可能性があるだろう。

「――戻らなきゃ」

我に返って、有里は演劇部の部室へと戻って行った……。

15　伝　言

スーパーを歩く。

そんな普通のことが、アケミには楽しかった。棚の品物を見て、

「あ、そういえばあれがなかった」

と気付いて手を伸す。

そんなことに気付く自分にびっくりしていたのだ。

もちろん、今のところアケミの作る「メニュー」のほとんどは、出来あいのおかずと、電子レンジで温めるだけの冷凍食品。

しかし、それでも広士は喜んで食べてくれるし、お腹は一杯になる。

「今日は……これにしようかな」

本当に、よく見ると、どんなものでも揃うのだと感心する。

そしてお菓子の棚でも足を止めて、甘いものを二つ三つ……。

レジに並んで、つい欠伸《あくび》が出る。

いやだわ……。充分寝てるはずなのに。

朝起きて、夜寝るという生活が、まだ体にしみついていないのかもしれない。

順番が来て、カゴの中の品物を店員の女性が次々に取り出して行く。

「――お客様、何か入っていますが」

と言われて、

「え?」

見ると、カゴの中に封筒が一枚。

何だろう？　——アケミは手に取った。

「二千八百円です」

「あ、はい」

あわてて財布を開ける。

スーパーを出ると、小さな公園があった。そのベンチに腰をおろすと、アケミはスーパーで買ったものの入った袋を傍らに置いて、あの封筒を手にした。

封を破って中から手紙を取り出す。——見当はついていた。

〈アケミ。スーパーで買物してる姿は、すっかり世話女房だな。しかし、お前には仕事がある。

ちょっと厄介な仕事で、お前にしか任せられない。むろん、その分金にはなる。明日、C地点に13時。待ってる〉

どこでどう捜し当てたものか。——アケミは周囲を見回した。

おそらく、今もどこかからアケミを見ているに違いない。

アケミは手紙を細かくちぎって、公園の中の屑《くず》入れに捨てた。

アパートへの道を辿《たど》る。

どうしよう？

いや、拒むわけにいかないのだ。それは分っていた。しかし、以前のように、「厄介な仕事」を任される度に感じた快い緊張が、なぜか感じられない。

しかし――行かなければならない。そして言われた通りに誰かを殺す。

アケミはそう考えたとき、一瞬吐き気にも似たものを覚えた。

私は――人を殺したくない！　どうしてしまったんだろう、私は？

自分でも愕然《がくぜん》とした。どうして……そして？

殺したくない自分がいて、そして……そして？

広土との平凡な暮しと、殺人という仕事はどうやっても折り合わなかった。

だが、アケミにも分っている。一旦《いったん》足を踏み入れたら、抜けることは許されない世界なのだ。

足を洗うとすれば、それは死んだときしかない。

逃げることも、姿を隠すこともできない。

おそらく、アケミが住んでいるアパートも知られている。ということは、広土も安全ではないということだ。

アケミが仕事を拒めば、広土の身にも何かが起るだろう。

「そうはさせない……」

と、アケミは呟《つぶや》いた。「私のせいで、広土を死なせはしない……」

不安はあったが、仕事をやり遂げるしかないのだ。

アケミは心を決めた。

有里は、一人で部室を最後に出ることになった。

しかし、廊下に出ると、真奈が待っていた。

「あ、待っててくれたの」

と、有里が言うと、

「うん……。まあね」

真奈は、何だか目をそらしていた。

「帰ろう。――暗くなっちゃうよ」

「うん」

二人は学校を出た。

「どうしたの？」

と、有里は訊《き》いた。

「え？」

「――何だか様子がおかしいよ」

「そう？　別に何でもない」

と、真奈は言ったが、「ね、有里――」

と言いかけたとき、

「有里さん」

と、声がした。

「ああ、永田さん」

永田エリが車の中から声をかけたのである。

「駅まで送ろうか」

と、運転していた父の永田が言った。

「あ……でも……」

と、有里は言いかけて、ためらった。

永田が運転しているのは、有里が見たこともない外国の車だった。

特に車に関心があるわけではない有里でも、好奇心をそそられる。すると、

「凄《すご》い車！」

と、真奈が声を上げて、「乗ってもいい？　ね、有里、乗せてもらおうよ」

「うん……。いいですか？」

「もちろん。さあ、後ろの座席に」

と、永田が言った。

車は、有里が知っている日本の車より、ひと回り大きく、座席もゆったりしていた。

そして、革張りの座席の感触も、実に豪華だった。

「凄い車だなあ」

と、真奈が言った。

もちろん、有里も同感だったが、その一方で、「やっぱり、真奈がどこかおかしい」

と思っていた。

真奈は、どっちかといえば有里が決めるのを待って、ついて来ることが多い。今、この車に乗ろうと自分から言い出したのは珍しいことだった。

どこか無理をしてはしゃいでいるような印象を与えたのである……。

「いよいよですね、文化祭」

と、エリが助手席から振り返って言った。

「そうね」

と、有里は肯《うなず》いた。

文化祭、ということは舞台の本番も、あさってに迫っているということだ。

「楽しみだね」

と、ハンドルを握る永田が言った。「僕も見に行くよ」

「ありがとうございます」

と、有里は言った。「明日は夜中まで準備です」

「そんなこと、今でもあるのかい？　昔はよくやったもんだが」

「そうですね。今、公立の学校だと、そんなことしたら問題になるでしょうね。でも、興津山学園はまだやってます。たぶん、明日は夜中の十二時過ぎまで、みんなそれぞれのクラブで準備してると思います」

「いいなあ！」

と、エリが言った。「ね、私も手伝っちゃだめ？」

「え？　まあ……部長に訊かないと」

と、有里が言った。「私は一年生だからね。それに、お宅で許可しないと」

「大丈夫！　ここにお父さんがいるもの。いいよね？」

永田はちょっと笑って、

「まあ、ご迷惑にならないようにしろよ」

「やった！　有里さん！　お願い！」

「頼んであげる。その代り――その『さん』付けはやめて。私もエリって呼ぶから」

「はい！　有里、頼んだよ！」

みんなが笑った。

「じゃ、明日は僕が夜迎えに来よう」

と、永田が言った。「天本さんたちも、お宅まで送るよ」

「私、遠いですよ」

「いいさ。海鳴町という所だろ？」

「え？　知ってるんですか？」

「天本幸代さんのことを、少し調べてみたんでね」

「そうですか。――じゃ、お願いしようかな」

「任せてくれ」

「わあ、楽しみだなあ！」

と、エリが助手席で飛びはねる。

有里も、そのエリの様子を見ていて、何だか急にわくわくして来るのを覚えた。

そう。——いよいよだ。

色々、気になって、引っかかっていることが多いけれど、それでも、「その日」はやって来るのだ……。

16　前夜

「机のガタつき、直してもらった？」

「はい、もう大丈夫です」

「衣裳《いしよう》の寸法は？」

「合せてあります」

演劇部の部室はごった返していた。

文化祭前夜。——夜十時を回っていた。

「何とか早く終ったわね」

と、三年生が言った。「じゃ、明日は寝坊しないでね」

「はい!」

有里は手で汗を拭《ぬぐ》った。

「はい、タオル」

と、永田エリが真新しいタオルを差し出す。

「ありがとう! いいの?」

「ええ、適当に家から持って来たの」

「どう? 手伝ってみて」

「凄《すご》く楽しかった!」

「エリのことは部長にも話してあるから。文化祭終ったら、正式に入部の手続してくれるって」

「嬉《うれ》しい! 私、こういう小道具とか衣裳とかやるの、好きなの」

「そういう人がいると助かるわ」

と、有里は言った。「──真奈、見なかった?」

あれこれやっている間に、いつの間にか真奈の姿が見えなくなっていたのだ。

「あ……。さっき出て行ったけど」

「そう。──どこ行ったんだろ?」

エリはちょっと声をひそめて、

「外に……先生が」

「先生？」

「あの英語の先生。ほら詩を書いたりしてるって……」

「三隅先生？」

「そうそう、すぐ名前忘れちゃう」

と、エリは言った。「その先生が、真奈を待ってたみたいで」

「それって……どういうこと？」

「分らないけど。私がチラッと廊下見たら、真奈が駆けて行って、三隅先生と二人で、どこかへ行っちゃった」

「真奈が……。でも、何の用だったんだろ」

有里は首をかしげた。

真奈から三隅の話を聞いた憶《おぼ》えがないのだ。

何かあれば、真奈はたいてい有里に話してくれる。

ともかく、もう帰り仕度をしようというのに、真奈が戻って来ないのでは……。

そこへ、

「天本さん、ちょっと」

と、演出係の先輩が呼んだ。

「はい！」

「有里、私、お父さんに電話しとくね」

と、エリが言った。

「うん、よろしく」

有里が先輩の所へ行くと、

「ね、ここの動きなんだけど……」

と、相談された。

有里は一年生だが、何といっても、プロの舞台にも出ている。先輩からも頼りにされていた。

一ヶ所の動きを考え始めると、その前後も考えないわけにいかず、結局、二人で三十分近くも話し合うことになった。

途中でエリが、

「校門の所で待ってます」

と、声をかけた。

「——ごめんね。引き止めて」

「いいえ。少しでも納得できないところがあったら話し合った方がいいですよ」

と、有里は言った。

「じゃ、明日ね」

「はい！」

気が付くと、部室にはもう誰も残っていなかった。

真奈ったら、どこ行っちゃったんだろう？

部室に置いてあった真奈のバッグも一緒に持って出ると、一年生の子が通りかかった。

「ね、城所真奈、見なかった？」

と、声をかけると、

「え？　――ああ、さっき体育館の方に行くの見たけど」

「ありがとう」

体育館？　そんな所に何の用があるんだろう？

ともかく、有里は体育館の方へと向って歩いて行った。

他の部では、まだ残っているところもあり、明りの点《つ》いた教室もあった。

渡り廊下を歩いて行くと、ガタガタと音がした。足を止め、つい反射的に身を隠した。

用具室の戸が、うまく開かないらしく、ガタついて音をたてているのだ。

半分ほど開くと、中から出て来たのは、三隅だった。

有里は身を隠したままだった。三隅が廊下の左右を見回して、人がいないのを確かめているようだったからだ。

三隅は、何かに追われているかのように、せかせかと行ってしまった。

あの様子……。有里は胸さわぎがした。

戸が半分開いたままの用具室へと、そっと近付いて行って、中を覗《のぞ》いた。

「──真奈」

ハッと振り返った真奈は、ブラウスのボタンをとめようとしていた。

「真奈……。どうしたのよ!」

有里は中へ入って、「三隅先生が今……」

真奈は有里に背を向けて、

「見ないでよ」

と言った。

「真奈……。廊下で待ってる。ちゃんと服着てから出て来て」

有里も動揺していた。廊下へ出て壁にもたれると、目をつぶって、激しく息をついた。

真奈が三隅先生と!

「こんなこと……。どうなってるの!」

と、思わず言った。

少しして、真奈が出て来た。戸を閉めようとしたが、なかなか動かない。

有里は荷物を置いて、真奈を手伝って戸を何とか閉めた。

「もう──終ったの?」

と、真奈が訊《き》いた。

「うん。早く済んだ」

「もっとかかると思ってた……」

「真奈のバッグ、そこに」

「ありがとう」

二人は一緒に歩き出した。

女の子たちの笑い声が聞こえてくる。

「もう……何度も？」

と、有里が言った。

「――三回目」

「そう。気が付かなかった」

どこかおかしい、と思ってはいたのだが、まさか、こんなことだったとは……。

「――真奈」

「言わないで」

と、真奈は遮った。「何も言わないで」

「でも――」

「好きなんだもの。好きなのって、止められないでしょ」

二人は学校を出た。

「あ、こっち！」

永田エリが手を振る。あの車が待っていてくれた。

有里は、真奈の肩を軽く叩《たた》いて、「今日はこれで終りね」という気持をこめた。

「ごめん！　遅くなって」

と、有里は言った。

「ちっとも。乗って」

と、エリが後部座席のドアを開けてくれる。

「永田さん、すみません」

と、有里は言った。「真奈を先に降ろして下さい」

「大丈夫。道は調べてあるよ」

永田がいつも通りの口調で言った。「さあ、乗った」

車が走り出す。

「コーヒーがポットに入ってる」

と、助手席でエリが言った。


「あ、三隅先生、まだいたんですか」

と、生徒の一人が廊下で会うと言った。

「うん。展示の英語のスペルが間違ってないか見てくれって言われてね」

と、三隅は言った。「もう帰るよ。みんないつもこんなに遅いのかい？」

「ええ。でも、楽しいですよ。ピクニックみたいで」

「ピクニックか」

三隅は笑って、「帰り道は気を付けろよ」

「はあい」

三隅は職員室に入ると、帰り仕度をしてから、校舎を出て駐車場へ向った。

中古で買った小型車が駐《と》めてある。車でないと、アパートから学校まで不便なのだ。

キーを取り出し、車のドアを開けようとすると、

「先生」

と、男の声がして、三隅は飛び上るほどびっくりした。

「誰だ！」

つい、声が上ずる。

「そうびくびくしなさんな」

と、その男は言った。

コートをはおった中年男で、どこかふてぶてしい感じだ。

「何だ、君は？」

「話があってね、三隅先生」

「どうして僕の名を知ってる？」

「知ってるとも。名前だけじゃない。十六歳の女の子相手に何をしてるかもね」

「何の話だ」

三隅の声が震えた。

「とぼけてもむだだよ」

と、男はニヤリと笑って、「ちゃんと分ってる。一年生の城所真奈って子とできてるってな」

「知らん。そんな言いがかりを──」

「言いがかりか？」

男はポケットから数枚の写真を取り出して、三隅の方へ放り投げた。一枚だけが三隅の手に残って、他は足下に落ちた。

しかし、その一枚だけで充分だった。

三隅が真奈とキスしている写真。──二人の顔がはっきり分る。

「──どうしろと言うんだ」

と、三隅は言った。「金なんかないぞ」

「金じゃない。俺の言う通りにすればいいんだ」

「何を……」

「学校の事務長がいるだろう。原口って女が」

「ああ……」

「その女のことを、調べるんだ」

「調べる？」

「そうだ。──いい仕事だろ？　あんたはその女にいつもいじめられてるそうだからな」

「どうしてそんなことを……」

「どうでもいい。言う通りにしろ。さもないと、この写真をバラまくぜ」

三隅は青ざめた顔で、

「分った……」

と肯《うなず》いた。


「どうもわざわざ」

と、天本幸代は玄関まで送りに出て言った。

「いや、とんでもない」

と、永田が言った。「お目にかかれて光栄でした」

永田の車で家に送ってもらった有里は、永田親子を母と祖母に紹介した。

もう遅いので、十五分ほどだったが、お茶を出して、話をしたのだった。

「じゃ、エリ、明日ね」

と、有里は手を振った。

「うん。舞台、楽しみ」

エリも手を振って、車に乗り込んだ。

車が走り去るのを見送って、

「——凄い車ね」

と、文乃が言った。「高そう」

「どこかの社長さんだよ」

と、有里は家の中へ戻って、「貫禄《かんろく》あるよね」

幸代は居間へ入ると、

「有里、明日は早いんでしょ。もうお風呂《ふろ》に入って寝なさい」

「うん」

と、有里は肯いた。

「見に行くからね、明日」

と、文乃が言った。

「うん、分ってる」

「有里、どうかした？」

と、幸代が訊いた。

「え？　どうして？」

「何だか、いつもと違うみたいだから」

幸代の目は鋭い。

「大丈夫。大したことじゃないの」

と、有里は言って、「じゃ、お風呂に入る」

文乃は何も気付いていなかった。

──有里はザッとお風呂に入って、すぐパジャマに着替えた。

気が付くと、真奈からメールが入っていた。

〈有里、びっくりさせてごめん。

でも、お願い。そっとしておいて。こんなことといけないって分ってるけど、今はどうにもならないの。明日ね〉

どう返事もできなかった。

真奈が、「いけないこと」と分っていると知って少し安堵《あんど》した。

しかし、教師と生徒の関係がいつまでも知れずにはいないだろう。

三隅が処分されるのは仕方ないとして、真奈までが退学にでもなったら……。

心配しながらも、ベッドに入った有里は、すぐにぐっすりと寝入っていた。

17　舞台裏

終った！

有里は、カーテンコールを三回くり返してから、やっと汗を拭《ふ》く余裕ができた。

「お疲れさま！」

と、声が飛び交う。

「はい！　ちゃんと後の片付けをしてね！」

と、三年生が言った。「片付けまで、本番の内よ」

有里は、真奈と一緒に舞台に出ていた机を運んで来た。

「天本さん」

と、二年生の部員が、「あなた、お祖母様《ばあ》が講演してらっしゃるんでしょ。ここはいいわよ」

「でも、大丈夫です。祖母も、私が聴いてない方が気楽でしょうし」

と、有里は言った。

むろん、本当は気になっている。特に、急に代役を引き受けての講演だ。

しかし、幸代が、そんなことを気にするような人でないことも分っていた。

「有里、汗を落とさないと」

と、真奈が言った。「ここはもう大丈夫だよ」

「うん。じゃあ、よろしく」

有里の役はかなり動きがあって、汗をかいていた。化粧も落とさなくてはならない。

その点、プロの舞台も踏んでいるから、有里は手早い。

十分ほどで化粧を落とし、シャワーを浴びて、制服に着替えた。

幸代が講演している講堂へと急いだ。

――興津山学園の文化祭は二日間ともよく晴れていた。学園の中には、かなり大勢の人が出ていた。生徒の父母や友人はもちろん、他の学校の子も少なくない。

講堂の入口では、受付の子が欠伸《あくび》していた。

「入ってもいいですか？」

と、有里が訊《き》くと、

「え？　ああ……いいけど、席、ないわよ」

「席がない？」

「一杯なの。立っている人もいる」

へえ……。有里は正直びっくりした。

天本幸代の名を知っている生徒が、そういるとも思えないが。

受付のもう一人の子が、

「あ、あなた、天本さんでしょ」

「はい」

「入って。――ほら、講師の天本さんのお孫さんよ」

「へえ！　失礼しました！」

「いいえ」

と、有里は笑って、講堂の重い扉をそっと開けた。

——なるほど、席はすっかり埋っている。

祖母の力強い声が講堂の中に響いていた。

「要は自分なりの表現方法を持つことです」

と、幸代は言った。「学校の成績は大切なことではありません」

あんなこと言ってる。

「実際、私も学校の成績はよくありませんでした。孫も大した成績は取っていませんが」

ちょっと！　孫まで持ち出さないでよ！

有里は幸代をにらんだが、もちろん舞台上からは見えるわけがない。

壁にもたれて立っていると、目の前をスッと横切って行った人がいた。

あれ、事務長の原口さんだ。

もちろん、幸代の講演の様子を見に来たのだろうが……。ただ、原口恒子は何だか他のことを考えているように見えた。

有里のことに気付かなかったのは、客席が多少薄暗かったし、立っている人も大勢いたから当然として、その足取りの速さが、どこか普通ではないように思えたのだ。

すると——今度はあの英語教師の三隅研一が、有里の前を通り過ぎて行った。

原口恒子と同じ方向へ、少し間を置いて。まるで原口恒子の後を追っているかのようだった。

有里はいやな予感がした。——幸代の話も聞いておきたいが……。

判断は速い。有里は三隅の姿が扉の向うへ消えるのを追って行った。

受付の子に、

「三隅先生、今出て来たでしょ？　どっちに行ったか分ります？」

と訊く。

「ああ、向うの方に。医務室に行くって言ってたわよ」

「医務室？」

「ええ。私が、『どこ行くの？』って訊いたから。具合悪そうでもなかったけどね」

有里は医務室のある棟の方へと急いだ。

事務棟の隅に医務室があり、文化祭の間は、来客で気分の悪くなった人のために、女医が詰めていた。

医務室に行くと言ったのは、たぶん出まかせだろう。こっちの方に何か用があったのだ。

「まさか……」

また城所真奈と会おうとしているわけじゃないだろう。真奈も今は後片付けなどでそれどころではないはずだ。

事務棟へ入ろうとして、有里は三隅らしい人影が建物の外側を回って行くのに気付いた。

どこへ行くんだろう？

もし、原口恒子を尾《つ》けているのなら……。

有里は用心しながら、三隅の後を追って行った。

そこは建物の裏手で、自転車置場になっている。人の姿はない。

そっと覗《のぞ》いていると、

「――どうしたんですか？」

と、聞き憶《おぼ》えのある声がした。

三田洋子だ。

「どうもおかしいのよ」

と言っているのは原口恒子だった。「私の机の引き出しを探ったり、パソコンをいじったりしてる奴がいるわ」

「それって……」

「私の思い過しじゃない。パソコンは、誰かがいじればすぐに分るわ」

「誰か調べてるってことですか？」

と、洋子が言った。

「そうだとすると……。でも、調べるにしちゃ、不器用だわ。あんな風にすぐ分るようなことして」

恒子はさほど気にしていない風だったが、

「――あなた、〈ポール〉と会ってるの？」

「え？　あ……清士さんのことですね」

と、洋子が口ごもる。

「赤くなることないじゃないの」

と、恒子が笑って、「分るわよ。このところ、着るものも派手になったし」

「でも……あちらはお仕事ですもの」

「そりゃそうよ。でも、プライベートでホストと付合うのは用心した方がいいわ。お金、使い過ぎないようにね」

「ええ、それは……」

洋子さんが？〈ポール〉というホストと深い仲になっているのだろうか。

有里はじっと息を殺して聞いていたが、突然、恒子が、

「そこで何してるの！」

と、凄《すご》い声で言ったので、飛び上りそうになった。

しかし、有里のことではなかった。

「――三隅先生、何してるんですか？」

三隅がどこかで二人の話を聞いていたのだ。

「いや、別に……。ちょっと通りかかっただけですよ」

と、三隅は答えていたが、とても通用しないだろう。

「こんな所に何のご用？」

と、恒子は冷ややかに、「私のこと、こそこそかぎ回ってるのは先生じゃないんです

か？」

「何を馬鹿な！」

と、精一杯強がって、「僕は教師ですよ！　どうしてあなたにそんなこと言われなきゃならないんです。失礼します」

有里は急いで一足先にその場を離れた。

事務棟から出て来た、という様子で歩いて行くと、三隅が顔を真っ赤にして、駆けるようにしてやって来た。そして有里を見ると、ハッとしたように足を止めたが、何とか教師らしい表情になって、

「今日はお祖母様が講演されるんだね」

と言った。

「ええ。今、ちょうど」

「そうか。失敗したな。ちゃんと聴いとくんだった」

途中で出てったでしょ、と言いたいのを、何とかこらえた。

三隅は、思い出したように、

「そうだ。演劇部の舞台、良かったね」

「ありがとうございます」

「じゃ」

三隅は足早に立ち去った。

三隅が原口恒子のことを探っている？　有里にはそれがどういうことか、分らなかった。

ただ、真奈がどういう形であれ、係《かか》わるようなことにはなってほしくない。

講堂へと戻りながら、有里は、文化祭が終ったら、一度真奈とゆっくり話さなきゃ、と思っていた……。

盛大な拍手を受けて、幸代が舞台の袖《そで》へ入って来た。

「お疲れさま」

と、有里は言った。

「何だ、こんな所で聴いてたの？」

と、幸代が言った。

「ごめん、ちゃんとは聴いてない。ついさっき来たの」

「いいのよ」

と、幸代は微笑んで、「――どうも」

と、やって来た校長へ挨拶《あいさつ》した。

「どうも、無理をお願いして」

と、校長は恐縮していた。

有里は少し離れて待っていた。

「有里、帰れるの?」

と、幸代が訊く。

「どうかな。演劇部に一度戻らないと」

「そうね。じゃあ、私は先に帰るわよ」

「うん。そこまで」

有里は、幸代と二人で、人のいなくなった講堂の席の中を抜けて行った。

表に出ると、バッタリと真奈と出会った。

「あ、有里」

「真奈、みんなは?」

もちろん演劇部員のことを訊いているのだ。

「うん、グッタリしてるよ」

「まだ帰ってないんでしょ?」

「でも、部長が『今日はみんなくたびれてるから、これで解散』って言ってた」

「そう。じゃ、私もお祖母ちゃんと一緒に帰ろうかな」

「あ、今日講演だったんですね」

と、真奈が幸代へ言った。

「ええ。何とか終ったわ」

「人、一杯だったって聞きました」

「まああね」

と、幸代は言った。「ところで――文乃はどこ？」

「あ、そういえば……」

お母さん、見てないな、と有里は思った。もちろん来ているはずだが。

「じゃ、私、これで」

と、真奈が幸代の方へ会釈した。

「真奈――」

と、つい有里は声をかけていた。「今夜、電話するね」

「うん」

真奈は校庭を横切って行った。

「真奈ちゃん、どうかしたの？」

と、幸代が言った。「人を探してるみたいね」

そう。たぶん、三隅先生のことを……。

すると、そこへ、

「ここにいたの！」

と、母、文乃が息を弾ませながらやって来た。

「文乃、あんた、どこにいたの？」

「どこって……。演劇部見てから、講演へ回ろうとしたら、何だか迷子になっちゃって」

「迷子? 学校の中で?」

と、有里は呆《あき》れて、「お芝居は昨日見たじゃないの」

「でも、今日の方が良かったわ。二回とも見なきゃと思って……」

「あ、待ってね」

有里のケータイが鳴った。「――天本です。――はい、そうです。――え? 真奈が?」

有里は、真奈が行った方へ目をやった。

聞いていた幸代が、

「どうしたの?」

「うん……。先輩からで、真奈が黙っていなくなったから、って……」

「まあ」

「私、真奈を追いかけるわ。お母さん、お祖母ちゃんと一緒に帰って」

「真奈ちゃんがどうしたの?」

と、文乃はキョトンとしている。

「あの子、今、英語の先生と……」

と言いかけて、「先生もさっき見かけたから」

「私も行くわ」

と、幸代は言った。「あの子、どこか思い詰めてるみたいだった」

「お祖母ちゃんもそう思った? じゃ、一緒に来て」

と、有里と幸代が急ぎ足で校庭へ出て行く。

文乃は、わけが分らず、

「ちょっと！　――何なのよ！」

と言いながら、二人の後を追いかけた。


「この前は……ここで……」

と、有里は言った。

体育館の用具室だ。

もしかしたら、と思って来てみたのだが、誰もいなかった。

「まあ……。先生と真奈ちゃんが？」

途中で有里から話を聞いた文乃が愕然《がくぜん》として、「とんでもない先生ね」

「一度、ここにいたのを有里に見られてるわけだから」

と、幸代は言った。「同じ所は使わないでしょうね」

「でも、学校の中なんて、どこも危いのに。いつ誰が来たっておかしくない」

と、有里は言った。

「そういう危い状況にあるからこそ燃える、ってことがあるのよ」

と、幸代が言った。「それに学校の中にいるから『先生』でいられる。外で会ったら、ただの男よ」

「お祖母ちゃん、経験あるの？」

「恋愛経験ぐらい、数をこなしてなきゃ、絵なんて描けないわよ」

「お母さん」

と、文乃が眉《まゆ》をひそめて、「有里にそんなこと言って……」

「本当の話よ」

と、幸代はアッサリ返して、「どこか、二人になって鍵《かぎ》のかけられる所じゃないかしら。今日は色んな人が来てるでしょ」

「鍵のかけられる……」

と、有里は呟《つぶや》いて、「──あ、三隅先生は今月〈防火責任者〉だ。この前、こぼしてた」

「何をするの？」

「最後の火の元のチェックだけど、たぶん──機械室の鍵を持ってる」

「いくら何でも、そんな所……」

と、文乃が言った。

「うん……。でも、防災パネルのある部屋はきちんとしてて、きれいだよ」

「行ってみましょ」

と、幸代が促した。「考えるより行動」

有里が先に立ち、幸代が足早について行く。そして文乃が息を弾ませて追いかけていた。

「──この奥」

と、有里が言った。

窓のない、薄暗い廊下だった。突き当りにドアがある。〈機械室〉のパネルがドアに付いていた。

「あそこ？」

「そう。――でも、もしいたら……」

と、有里はためらって、「真奈のケータイにかけてみようか」

すると、その突き当りのドアがカチリと音をたて、ゆっくりと開いて来たのだ。

有里は息を呑《の》んで、

「――真奈！」

真奈が、よろけるように出て来た。

ブレザーを脱いでいたが、服の乱れはなかった。しかし、白いブラウスに、赤く飛び散っているのは……。

「真奈！　どうしたの！」

と、有里が駆け寄った。「それ――血？」

「有里……」

真奈は、そのときやっと有里に気付いたようで、崩れるようにしゃがみ込んだ。

「真奈！　しっかり！」

「先生が……。三隅先生が……」

と、真奈は呻《うめ》くように言った。

「先生が、どうしたの？」

真奈が答える前に、幸代が足早にやって来て、ドアの中を覗いた。

「お祖母ちゃん――」

「見ない方がいい」

「え？」

「これは……警察を呼ばないと」

と、幸代は言った。

「どういうこと？」

文乃が幸代の後ろから肩越しに中を覗くと、

「まあ！」

と、声を上げた。「血だらけだわ」

「真奈……」

「分らないの」

と、真奈は首を振った。「どうしたのか、分らない」

有里は真奈から離れて立ち上ると、そっと部屋の中を覗いた。

床に血だまりができて、そこにうつ伏せに三隅が倒れている。

「お祖母ちゃん……」

幸代が中へ入ると、三隅のそばに身をかがめて、手首をつかんだ。

「——もう脈がないわ」

と、幸代は立ち上って、「亡くなってる」

「どうして……」

「飲んだの」

と、真奈が震える声で言った。

「飲んだ？」

「紙コップのコーヒー……。教室から持って来ていて……」

「それで？」

「一気に飲んで、むせた。私、『急いで飲むからよ』って……。でも、先生、そのまま喉《のど》を押えて苦しみ出して……突然血を吐いた」

「真奈ちゃん」

と、幸代が言った。「これは変死だわ。あなたとこの先生のことも、隠しておくわけにはいきませんよ」

「お祖母ちゃん、お願い！　真奈を見なかったことにして！」

と、有里は叫ぶように言った。「真奈が——学校にいられなくなるわ」

「有里。人が死んだのよ。知らん顔はできないわ」

「だけど……」

「ともかく、誰か呼んで来るわ」

と、文乃が胸に手を当てて、何とか立ち直った様子で言った。

有里は、真奈の肩を抱いて立たせると、

「悪いのは先生よ。真奈は悪くない」

と言った。

幸代はしばらく黙っていたが、やがて部屋の中に落ちていた真奈のブレザーとバッグを取って来ると、

「これを持って」

と、有里に渡した。「真奈ちゃんを連れて行きなさい」

「お祖母ちゃん、ありがとう！」

「でも、ちゃんとあの村上って刑事さんに話をするのよ」

「そうだね。分った。——真奈、行こう」

「有里……。私、どうかしてた。自分でも分んない。どうして三隅先生と、あんなことになったのか」

「あなたはね、秘めた恋っていう物語に恋をしてただけよ」

と、幸代は言った。「さあ、早く」

有里は真奈の手を引いて、

「一度、演劇部に戻ろう。心配してたよ」

と、廊下を急いだ。

入れ違いに、文乃が学校の事務職員を連れて来た。

「お母さん、今、一一〇番してもらったから」

「そう。――文化祭に、とんでもないことが起ったわね」

「あの子は……」

「その話は後で」

と、幸代は言った。「ともかく、中に人を入れないようにしないと」

文乃はハンカチを取り出して、額の汗を拭くと、

「お母さん、どうしてそう落ちついてるの？　死体見て、怖くない？」

「死んだ人は何もしないわ」

と、幸代は言った。「問題は、生きてる犯人がいることね」

18　危うい年ごろ

有里が居間へ入って行くと、幸代がソファでコーヒーを飲んでいた。

「真奈ちゃんはどうした？」

と、幸代は訊《き》いた。

「うん、眠ってる」

と言って、有里はソファに座ると、「ありがとう、お祖母《ばあ》ちゃん」

「礼なんかいいのよ」

と、幸代はコーヒーカップをテーブルに置いて、「誰でも通る危い時期、っていうだけのこと」

――文化祭が終って、有里はそのまま真奈を家へ連れて来た。

明日は文化祭の振替で、学校は休みだ。真奈がここに泊りに来ても、ふしぎはなかった。

「コーヒー、飲む？」

と、幸代に訊かれて、

「ああ。飲もうかな。私、いれる」

「いいの。コーヒーは私がこだわっていれるから。座ってらっしゃい」

幸代は穏やかに微笑んで立ち上った。

有里は祖母に任せることにして、テーブルに置いてあった新聞を広げた。

明日は〈興津山学園文化祭で教師が変死〉の記事が出るだろう。

有里は真奈を連れて帰ってしまったが、あの後はむろん大変だったろう。警察が来て、あの現場の辺りはものものしい雰囲気だった、とは母、文乃の話である。

真奈の話を聞けば、三隅研一はどう考えても自然死ではない。詳しくは警察の解剖結果を待たなければ分らないが、三隅は毒殺されたのではないか。

三隅の飲んでいた紙コップのコーヒーに毒物を入れることができた人間は誰か？

いずれにしても、真奈に話をさせないといけなくなる。

「——さあ、どうぞ」

幸代が香りの高いコーヒーをいれて持って来た。

「いい匂い。——ありがとう」

と、有里は受け取って、「お母さん、お風呂《ふろ》？」

「ええ。文乃は昔から何かあると、お風呂にずっと浸かってる子だった」

「お祖母ちゃん……」

と、有里は少しコーヒーを飲んでから、「真奈が話してくれたんだけど、ああなったきっかけは、もちろん、もともと真奈が三隅先生が詩を書いたりするのに興味持ってたこともあるんだけど……」

「詩を？　とんだ詩人だわね」

と、幸代は苦笑した。「そんなものに騙《だま》されるのも年ごろよ」

「直接のきっかけは、三隅先生が原口さんに叱られてるのを見て、つい黙ってられなくなったことだって」

「原口さん？　事務長の？」

「うん」

と、有里は肯《うなず》いて、

「あのね……。これはプライベートなことだし、証拠があってのことじゃないけど……」

「話してみてごらん」

幸代は、大人の眼を有里へ向けた。

こんなとき、有里は祖母が自分を対等な大人として扱ってくれていると感じて嬉《うれ》しい。母の文乃はなかなかそうしてくれないのだが——。幸代に言わせると、

「あれにはあれのいいところがある」

ということだ。

「今、事務室で三田さんの弟が働いてるの。三田洋子さんって——」

「知ってるわ。地味で真面目そうな」

有里は、祖母が三田洋子のことまで知っているのにびっくりした。一度でも、会って印象に残った人は忘れない、といつも言っているが。

「それが、このところ、変っちゃったんだけどね」

と、有里は言った。

三田洋子が弟の広士を事務室で働かせるために、事務長の原口恒子に向って〈ミシェル〉という名を口にしたことから始めて、原口恒子がホストクラブらしい店に〈太田〉の名で通っているらしいこと。そして、三田洋子が〈ポール〉という名の男性と付合っ

ている――立ち聞きしただけだから、どこまで正しいか分らないけど」

と、有里は言った。「でも原口さんは、誰かが自分のことを調べてると思ってた。三隅先生があそこにいたのは、偶然じゃないと思うよ」

幸代は黙って聞いていたが、しばらくして肯くと、

「さすがに有里ね。きちんとポイントを突いた話をしてる」

と言った。「もちろん、有里の話だけで、原口さんや三田さんがそういう店にはまっていると決めつけられないけど、可能性はあるし、放っておいていいことではないわね」

「でも、どうすればいい？　もし全部村上刑事さんに話したら、すぐ三隅先生を殺した犯人と結びつけてしまいそう」

「そうね。警察にしてみれば、大きな手掛りでしょう。ただ、初めにそういう話が出ると、そっちへ突っ走ってしまう可能性が大きいわね。他の動機を調べなくなってしまうかもしれない」

「うん、それは心配だね」

「まず、三隅先生の死因がはっきりするのを待つ方がいいでしょう。毒殺ということになったら、やはり真奈ちゃんのことを言わないと」

「分ってる」

「その一方で……原口さんと三田さんの身辺調査も必要ね。本当にホストに入れあげて

いたら、少々のお金じゃ済まないわよ。どこから、その費用を出しているのか……」

「まさか……学校のお金？」

「可能性は考えなければ。万一、そうだったら、一日でも早く止める必要があるから」

と、幸代が言ったとき、廊下で、

「クシュン！」

と、クシャミをしたのは、もちろん文乃で……。

「立ち聞きしてないで、入ってらっしゃい」

と、幸代が声をかけた。「自分の家なのに、何を遠慮してるの？」

「だって……」

ガウンをはおった文乃が居間へ入って来て、「何だか深刻な話だから、話の間に入りにくくて」

「あなただって知っておいた方がいいわ。でも、他言は無用よ」

「もちろん！　私、そんなに口は軽くないわよ」

と、文乃は心外、という様子。

「誰もそんなこと、言ってやしないじゃないの」

と、幸代は苦笑した。

「どうせ、我が家じゃ私一人が平凡な人間だから」

「お母さんたら」

「それより、今、靴をしまおうと思って玄関に行ったら、鍵《かぎ》がかかってなかったわよ。最後に入って来たの、誰？」

「鍵が？」

有里は気になって、立ち上ると玄関へ行ってみた。

「──どうしたの？」

と、幸代がついて来る。

有里は靴箱を覗《のぞ》いて、

「真奈の靴がない」

と、急いで二階へ駆け上った。

真奈が寝ていたベッドは空で、有里の机の上に一枚、メモが置いてあった。

〈有里、心配かけてごめん。

私、少し一人になって、考え直したい。大丈夫だから。家には適当に言っといて。

真奈〉

「──適当に、って、どう言えばいいのよ！」

と、有里はため息をついた。


昼過ぎに起き出した広士は、アケミと二人でコーヒーを飲んでいた。

ケータイが鳴った。姉の三田洋子からだ。

「姉さん、今日は休みじゃなかったの？」

「何言ってるの。昨日、あんなとんでもないことがあったじゃないの」

と、洋子は言った。「マスコミ対応の打合せがあるの。三時までに来て」

「そうか。分った、行くよ」

「事務室に集合よ」

「三時だね」

広士はケータイを切ると、アケミに向って肩をすくめて見せた。

「三隅っていったっけ、亡くなった先生？」

「うん。まだ新人だったからな。大げさなことはしないって姉貴が言ってた」

「警察が調べたんでしょ？　他殺？」

「さあね。ともかくまだ行かなくていい」

広士は呑気《のんき》に欠伸《あくび》をした……。


洋子は学校に着いていた。

事務室へ入って行ったが、昨日の疲れか、さすがに誰も来ていない。

席について、ケータイを取り出し、メールを打った。

〈清士さん。昨日学校でちょっと事件があって。今日は行けないかも。洋子〉

洋子は、メールを送信しようとして、ためらった。――いやだ。いやだ。会えないなんて……。せっかくあの人が時間を作ってくれたっていうのに。

でも、そんなわけにはいかないのだ。今日は学校にいなければ。分っていたが、メールを送るのが、こんなに辛《つら》いとは驚きだった。

「しっかりして！」

と、自分を叱るように口に出すと、メールをやっと送信した。

ふっと息をつく。――私はどうしてしまったんだろう。

洋子は、あの店の〈ポール〉、清士と外で会うようになっていた。少し前までは、自分がそんな所へ出入りすることなど想像もしていなかった、裏通りに立ち並ぶホテルに、清士と入ったりした。

男に身を任せる快感を、洋子は初めて知った。清士は決して乱暴ではなく、しかし力強く洋子を抱いた。

会うごとに洋子の快感は深まり、逆らいがたい流れに身を委《ゆだ》ねている心地良さは、洋子の初めて知る世界だった……。

どうせ、清士はまだ起きていないだろう。洋子はケータイを机の上に置いたが、すぐにメールが着信した。

「え？　――まさか」

こんなにすぐ、清士が返信して来るはずがないと思ったが、見ると、やはり清士からだった。

〈洋子ちゃん。

会えないのは残念だね。僕は今夜、用があって故郷へ帰らなきゃならないんだ。五時ごろまでに、少しでも出て来られないかな？　学校にいるのは洋子ちゃんだけじゃないでしょ？　たまたま風邪でもひいたと思えば、休んだっておかしくないじゃないか。清士〉

今夜、故郷へ帰る？　——もう会えなくなるかもしれない。

そう思うと、洋子はいても立ってもいられなかった。

〈学校にいるのは洋子ちゃんだけじゃない〉

そうよ。何もかも私一人がやる必要なんかないんだわ。他にも事務には何人もいる。

私一人、いなくたって……。

洋子は立ち上った。帰るのなら、他の人が来ないうちがいい。

もし原口恒子がやって来たら、出られなくなる。

ためらいを振り捨てて、洋子はバッグをつかむと、事務室を出た。

「あ、おはようございます」

事務の新人の女の子とバッタリ会ってしまった。

「ご苦労さま。私、具合が悪いの。ちょっと病院に行ってくるわ」

と、洋子は早口に言って、

「はい、お大事に……」

という相手の言葉も聞かずに、ほとんど走るような勢いで歩き出していた。

とても、病人の足取りとは思えない勢いだった……。

19　囁き

どうせ……。

「どうせ、私なんか何の役にも立たないのよ」

つい、口に出してしまって、隣の席の客が、

「――何です？」

と訊《き》いて来た。

文乃はあわてて、

「いえ、何でもありません」

と、手を振って、「ちょっと――お芝居のセリフを……」

いちいち言いわけしなくたっていいようなものだが……。

――今日も、文乃は〈Mモール〉のスポーツジムのプールで泳いで来た。

ちゃんと一時間泳いだんだから、一時間休まないとね。

もっとも、「一時間泳いだ」と言っても着替えやシャワーなどの時間も入れて、のことなので、一時間休む理由にはならないとも言えるが。

いちいち、そんな細かいことを気にしないのが文乃である。

「今日はケーキね」

ティールームに入って、「コーヒーとケーキ」を注文する。

ここのケーキは、若い子向けに普通より大きい。プールで泳いで消費したカロリーなど軽くオーバーしているだろうが……。

でも、そんなことは全く気にせず、文乃はケーキが来ると早速一口食べて、

「うん、甘い！　やっぱりケーキは甘くなくちゃ……」

と、自分で納得している。

でも——あの何とかいう英語の先生。ああ、そうだわ。三隅先生っていった。殺されたとしたら、もちろん犯人は見付けなければならないが、有里の親友に手を出すなんて、許せない！

本当に、最近は職業にふさわしい良識を持つ人間が少なくなった。先生が生徒と関係を持つなんて、とんでもない話だ！

腹を立てながら、文乃はせっせとケーキに取り組んでいた。すると——誰かが文乃の向いの椅子に座ったのである。

「あの……」

と言いかけて、「あなた！　何してるの？」

元の夫、坂田望が座っていたのである。

「来てたんだな」

と、坂田は言った。「うまく会えて良かった」

「今日は約束してないわよね」

自分でも自信がない。

「ああ。もしかしたら、お前がいるかと思ってな」

「いたらどうなの？」

「コーヒーをくれ」

と、坂田はオーダーして、「なあ、文乃。昨日、興津山学園の文化祭で何かあったんだろ？　知ってるか？」

「何か、って……。文化祭があったわよ」

と、当り前のことを言って、「他に、といえば、若い英語の先生が死んだわ」

「ニュースで見て、びっくりした」

と、坂田は言った。「お前、学園に行ってたのか？」

「それどころか、一一〇番通報してもらいに事務室へ駆けてったのは私よ」

「お前が？　じゃ、死体を見付けたのか」

「お母さんと一緒にね」

と、文乃は言った。「お母さん、文化祭で講演したのよ」

「そうか。やっぱり他殺だったのか」

「たぶんね。紙コップのコーヒーを飲んだら、血を吐いて倒れたの」

「そいつは毒殺だろう」

「今、警察が調べてくれてるわ」

と言ってから、「あなた、何でそんなこと気にしてるの？」

「うん……。ちょっとな」

コーヒーが来て、坂田はたっぷり砂糖を入れて飲んだ。

「ちょっと、どうしたのよ？」

坂田は息をつくと、

「いいか。興津山学園をスキャンダルが襲う」

と言った。

「――何ですって？」

呆気《あっけ》に取られて、文乃は言った。「どういう意味なの？」

「詳しいことは言えない」

「でも、そんなことだけ……。どうせ言い出したんだから、ちゃんと最後まで言ってよ」

「そうはいかないんだ」

と、坂田は言って、コーヒーをぐっと飲み干してしまうと、「ここは払っといてくれ」と立ち上って、せかせかと店を出て行った。

「何よ、一体？」

学校がスキャンダルに？　――有里が巻き込まれたら大変だ。

文乃は坂田を追いかけようとして、立ち上ると、店のウエイトレスに、

「あの――すぐ戻るので」

と、声をかけ、急いで店を出た。

ショッピングモールは、平日の昼間でも結構な人出だった。坂田の姿は人に紛れてしまっていた。

「もう……変なこと言って」

と、文句を言っていると、突然少し離れた所で、女の子の悲鳴らしいものが聞こえた。

「悲鳴？　――どうしたっていうの？」

人だかりがしている。文乃はその方へと行ってみた。

「誰か呼んで来て！」

「救急車を――」

といった言葉が耳に入る。

文乃は、

「ちょっと、ごめんなさい。――ちょっとすみません」

と言いつつ、人の間をかき分けて……。

男が倒れている。

「まあ……」

坂田だ。——でも、どうしたの？

「失礼！」

と、声がした。

人をかき分けて現われたのは、ガードマンだった。

「あ……。荒川さん」

文乃もさすがに名前を思い出した。

「ああ、奥さんですか」

と、荒川も文乃を見て、「この人は——」

「元の夫です。いつか荒川さんが……」

「そうでしたか。——どうしたんでしょう」

囲んでいた人の中から、

「突然倒れたのよ」

という声があった。

「発作か何か？」

「ねえ」

文乃は坂田を仰向けにした。

「あなた！　――ね、しっかりして！」

そのとき、坂田の脇腹辺りに、赤いしみが広がって来た。

「血だわ！」

「すぐ救急車を呼びます」

荒川がケータイを手にした。

「でも……どうして……」

文乃は、ただ呆然《ぼうぜん》としているばかりだった。


「じゃ、今病院にいるの？」

と、有里は母からの電話で話を聞くと、「具合、どうなの？」

「刺されてるらしいの」

「刺されてる？」

有里はびっくりして、「病気じゃないのね」

「そのようね。警察の人が来るっていうから待ってるの。――もう別れたからって、放っとくわけにもいかないでしょ」

「うん……。助かりそう？」

「さあ。意識不明の状態」

「そんなに？　――じゃ、私、そっちに行くわ。学校は休みだし。一応、お父さんだからね」

「ああ、そうね。K大病院なの」

――有里は電話を切ると、

「K大病院って……お祖母《ばあ》ちゃんが壁画描く所だ」

と呟《つぶや》いた。

幸代は、その打合せで出かけている。たぶん今、K大病院にいるだろう。

有里は出かける仕度をして、幸代のケータイへかけてみた。他の人間がかけたら、

「仕事の邪魔しないで！」と怒る幸代だが、孫には怒らない。

「――有里？　どうしたの？」

「ごめん。今、お母さんから電話で」

有里の話に、幸代も驚いたようで、

「じゃ、この病院に？　分ったわ。内山先生に訊いてみましょ」

「私も今から出る」

と言って、有里が家を出ると、表に車が停った。

「あ……」

思い出した。永田エリが、演劇部のことを色々知りたいと言って、今日来ることになっていたのだ。

昨日の三隅先生の事件で、すっかり忘れていた！

「ごめん！　エリ」

車から降りて来たエリへ、有里は言った。

「急いで病院に行かなきゃならないの」

「どうしたんだね？」

車を運転していた永田慎司が有里に訊く。

「父が――ひどいけがをしてK大病院に運ばれたんです」

「そりゃいけない。K大病院だね？　送ってあげよう」

「でも、そんな――」

「タクシーだって、なかなか来ないだろ。後ろに乗って」

「すみません」

有里は後部座席に、エリと二人で乗った。

車がスピードを上げる。

「――ごめんね、エリ。私、忘れて出かけちゃうところだった」

と、車の中で有里は言った。

「昨日、あんなことあったし……」

と、エリが言った。「私も、確かめてから来れば良かった」

「何か起ってるんだね」

と、有里が言った。「三隅先生が変死して、お父さんが刺されて……」

「刺された?」

と、エリがびっくりして、「ケンカでもしたの?」

「分んない。もうお母さんとは離婚してるんだけど、私にはお父さんだからね」

「お父さんって……何してる人?」

「よく分んない。名前は坂田っていうの。坂田望」

車が急にスピードを落として、有里とエリは座席から落ちそうになった。

「——お父さん! 気を付けて運転してよ!」

と、エリが言った。

「いや、すまん」

と、永田が言った。「車の前に、急に猫が飛び出して来てな」

「大丈夫ですよ」

と、有里は言った。

車はさらにスピードを上げると、都心へ向う道路へと入った。

「——空いてるから、じき着くだろう」

と、ハンドルを握った永田が言った。

「おっと、すまない」

永田のケータイが鳴ったのである。

永田は路肩に車を寄せて停めると、ケータイに出た。

「ああ、永田だ。――そうか、ちょっと待て」

永田は二人の方へ、「仕事の話だ。少し待ってくれ」

と言っておいて、車から外へ出た。

有里は少し車の窓を開けた。風が入る。

「ああ、そうなんだな」

仕事用の声の永田がいた。「――それで？〈ミシェル〉は何と言ってる？」

耳に飛び込んで来たひと言に、有里はびっくりした。

〈ミシェル〉だって？　それってまさか……。

「――どうかした？」

と、エリが訊く。

「ううん、別に」

永田は、厳しく叱るように、

「ちゃんとつかんでおけ。〈ポール〉のことは考える」

〈ポール〉。〈ミシェル〉……。

これは偶然なんだろうか？

「――失礼」

永田は車に戻って来ると、「さあ、急ごう」

と、車をスタートさせた。

20　歯　車

「ともかく——」

と、原口恒子は言った。「マスコミの取材には一切答えないように。いいわね」

事務室に集まった面々は、黙って肯《うなず》くばかりだった。

原口恒子は嘆息して、

「先生が変死なんて、学園始まって以来のことだわ。みっともない」

誰もが訊《き》きたがっていた。

「三隅先生は殺されたんですか？」

と……。

しかし、そう口に出す者はなく、

「今日、夕方から緊急理事会が開かれます。その結論が出るのを待つしかないわ」

という恒子の言葉で納得するしかなかった。

「じゃ、今日、電話がかかって来ても一切、答えなくていいからね。誰かが学園内に立ち入ったり、撮影したりするのを見付けたら、ただちに止めさせること。私に知らせて、いいわね」

と、恒子は念を押して、

「今日は半分残って。後の人は明日ね。この先、どうなるか分らないから、予定は入れないように」

と続けた。

数人が見回りに出て、二人が電話番で残る。

恒子は自分の席につくと、

「三田さん、どこへ行ったの?」

と、誰にともなく訊いた。

「具合が悪いって病院へ」

と、若い子が答えて、「でも、ずいぶん元気そうでしたけど……」

「ありがとう」

恒子は三田洋子のケータイへかけてみたが、出なかった。

珍しく、恒子の表情に苛立《いらだ》ちの色が浮かんだ。

ケータイが鳴ったが、洋子からではなかった。恒子は立ち上って事務室を出ると、廊下の少し先まで行ってから、

「――もしもし。――すみません、仕事で」

と言って、恒子は向うの話に耳を傾けていたが、「それじゃ、もしかすると……」

そして、周囲へ目をやって、

「分りました。何かあればご連絡します」

と、手短に言って切った。

そして、ちょっと眉《まゆ》をひそめると、

「まさか……」

と呟《つぶや》くように言った。


「事務長さんからだわ」

三田洋子は自分のケータイの着信履歴を見て言った。

「〈太田〉さんかい？」

と、清士が言った。

「ええ。大丈夫、後で学校へ戻るから」

洋子はベッドの中で清士と肌を寄せ合っていた。

「ああ……」

と、伸びをして、「こんなに幸せだったことなんてないわ！　あなたと会えて良かった」

「可愛いな」

と、清士は笑って洋子にキスした。

「故郷へ帰るって言ってたけど……。時間は大丈夫なの？」

洋子が訊くと、清士は目をそらして、

「ああ……。どうでもいいんだ」

と、ホテルの天井へ目をやった。

「――何があったの？」

と、洋子が体を起して、「話せることなら……」

「言わずに行こうと思ったけど」

と、清士は言った。「それも君に悪いしね。僕はもう戻って来ない。戻れないんだ」

洋子は清士の方へすり寄って、

「どういうことなの？」

と訊いた。

「前からのお客がいてね。もう六十過ぎだけど、可愛がってくれた。僕が乗ってたポルシェは彼女からのプレゼントなんだ」

「お金持なのね」

「うん。死んだ旦那《だんな》がうんと財産を遺《のこ》してくれたのさ。ところが――その彼女が脳出血を起して、意識不明のままになっちまった」

「まあ」

「そうなると、旦那の親戚《しんせき》が寄ってたかって彼女の財産の奪い合いを始めてね。ひどい話さ。そしたら、僕の車を返せと言って来たんだ」

「だって、あなたの車なんでしょ？」

「金を払ったのは彼女だからね。連中は僕が彼女を騙《だま》して買わせたと言って、弁護士を雇って訴えると言い出してる」

「そんな……。でも、それなら車をやっちゃえば？　出て行かなくてすむでしょ」

「できることならそうしたいよ。でもできない」

「どうして？」

「車がない」

洋子は面食らって、

「ない、って？」

「借金のかたに取られちゃったんだ」

「そんな借金があるの？」

「まあ……君には関係ないことさ」

「だって……」

「すまないね。せっかくこうしていい関係になれたのに。――訴えられたら、僕みたいな立場の人間は弱いからね。まともな仕事をしてないと思われてる」

「ちゃんと働いてるじゃないの」

「でも、詐欺で捕まったりするのはいやだからね。ともかく東京を離れる。その先どうするかは、後で考えるよ」

清士はベッドに起き上ると、「さ、シャワーを浴びよう」

「ええ……」

洋子は、すぐにはベッドから出られなかった。清士が先にバスルームに入って、シャワーの音が聞こえて来た。

もう……清士と会えない。こうして抱き合うこともできない。

「そんな……ひどいこと……」

と、洋子は呟いた。

といって、どうすればいいのだろう？

清士の借金を、代りに払ってあげられればいいが、洋子にそんな余裕はない。清士についていて行く？　広士やアケミを放り出しては行けない。

私には……何の力もないのだ。

清士はバスルームから出て来ると、

「どうしたんだい？　泣いてるの？」

「だって……あなたのために、何もしてあげられないんですもの……」

洋子はしゃくり上げるように泣いた。

「いいんだよ、馬鹿だな。――話さなきゃ良かったね」

「いいえ……。何かできること、ないの？」

「君は大切な仕事をしてるし、弟さんもいるんだ。僕のことは忘れて」

「忘れるなんて……」

「大丈夫。その内、また帰って来るさ」

「本当に？」

「ああ、きっとね」

洋子はすがりつくように、清士を抱きしめた。


「どうして坂田に会ってたの？」

と、幸代に訊かれて、

「私が会いに行ったんじゃないわよ。たまたま坂田が……」

文乃が説明すると、

「わざわざ坂田があんたに話しに来た？　それはよほどのことね」

と、幸代は考え込んだ。

「あ、有里……」

文乃はエレベーターから降りて来た有里を見て、手を上げて見せた。

「お母さん。――どうなの、お父さん？」

と、有里は訊いた。

「急所は外れてるから、命は取り止めるって。でも、当分は入院ね」

「そうか……」

有里はホッと息をついて、「でも、どうして刺されたの？」

「分んないわよ。犯人も捕まってないし」

と、文乃は首を振って、「学校のことを言ってたけど」

「学校って――私の学校？」

「そう。〈興津山学園〉がスキャンダルに襲われるって」

「スキャンダル……。どうしてお父さんがそんなこと……」

「有里」

と、幸代は有里の肩に手を置いて、「これは複雑な事件よ、きっと。あの三隅って先生の件も、係《かかわ》ってるのよ」

「でも……どうしよう？　スキャンダルって、何のことか分らないし」

「そうねえ……」

幸代もさすがに考え込んでいる。

「あ、そうだ」

と、有里はハッとして、「永田さんに送ってもらったの。今、下にいる」

永田の車で来たことを話すと、

「じゃ、ご挨拶《あいさつ》に行くわ」

と、幸代は言った。「文乃、ここにいて」

「分った」

幸代と有里はエレベーターで一階へと下りた。

病院の正面玄関を入った所で、永田とエリが待っていた。

「わざわざ申し訳ありません」

と、幸代が永田に礼を言って、坂田の容態を説明した。

「――それは良かった」

と、永田は言った。「心配していました」

「本当に、誰かに恨まれていたんでしょうか」

と、幸代は言った。

「怖いね」

と、エリが有里と二人、少し離れて、「学校でもあんなことがあったし……」

「そうだね」

有里は気になっていた。一連の出来事が、〈興津山学園〉に係ることだとしたら……。

そして、あの、風宮さくらが殺されたことも、それにつながっているのだろうか？

「――では、私たちはこれで」

と、永田が幸代に言って、「エリ。もう失礼しよう」

「はい」

「ごめんね」

と、有里は病院の表に出て、「また連絡するから」

そのとき、病院の正面に車が停った。降りて来たのは、村上刑事だった。

「あ、村上さん」

「聞いたよ、伝言」

有里は村上に父が刺されたことを知らせていたのだ。

「ありがとう。何とか命は……」

「そうか。現場がすぐに保存されなかったようでね。監視カメラも、人ごみでほとんど見分けられない」

「父がどうしてたのか、さっぱり分んないから……」

と言いかけて、有里は言葉を切った。

村上が、玄関を出て来た永田と顔を見合せていたからだ。

「――私に何かご用ですか？」

と、永田が訊いた。

「お忘れかもしれませんが、村上という者です。十年以上前に……」

「そうですか。仕事柄、大勢の人と会うものですからね」

「刑事です。〈Kパーク〉の事件のときに伺いました」

永田の表情に、ちょっと初めて見る緊張が覗いて、有里はびっくりした。

しかし、それはすぐに消えて、

「では、失礼します」

と、永田は会釈すると、エリと二人、自分の車へと戻って行った。

永田の車が走り去るのを見送って、

「村上さん」

と、有里は言った。「あの人のことを知ってるの？」

「うん……。もうずいぶんたつから今は分らないが、以前は裏の世界でかなりの顔役だった」

「永田さんが？」

「それはまあ……。あ、これは」

村上は、幸代を見て、深々と頭を下げた。

有里は、さっき永田が電話で、〈ポール〉と〈ミシェル〉の名を口にしていたことを思い出した。

偶然ではない。永田は、原口恒子や三田洋子が通っているホストクラブと係っているのだ。

一分の隙もない紳士に見える、あの永田が……。

有里は、エリがそういうことを知っているのかどうか、気になった。

病室にいた文乃を幸代が呼び出して、廊下で待っていた村上の所へ連れて行った。

「坂田さんはとんだことで」

と、村上が言った。

「はあ……。私は何も見ていなかったので……」

「担当の刑事から聞いています。ただ、あのショッピングモールで坂田さんとお会いになったのは、何かご用があってのことですか」

と、村上は訊いた。

「いえ、たまたま会ったんです」

と、文乃は言った。「前にあそこで会ったことがあり……。娘のことで話をしました。それでたぶん何となくあそこに……」

「そうですか。文乃さんは――」

「あ、私はあの中のスポーツジムに通っているんです」

「ああ、そうでしたか」

村上は肯いて、「坂田さんは、危険を感じてるという様子じゃありませんでしたか？」

「ええ、特別には……。私も、別れてからはあの人が何をしてるのか、少しも知らないものですから……」

「そうですか。――しかし、明らかに、坂田さんを狙って刺している。それには何か理由があるはずです」

「そうですね。でも、あの人は何も言っていませんでした」

文乃の言葉に、有里はチラッと幸代の方を見た。幸代は眉一つ動かさず、

「坂田の意識が戻りましたら、お知らせします」

と言った。

「そうしていただけると……。動機が分らないと、犯人を絞り込むのが難しいですからね」

村上は、幸代とエレベーターの方へと歩きながら、

「どうも申し訳ありません。一向に手掛りがつかめないままで」

と言った。

村上が帰って行くと、幸代は、

「文乃。あなたは家へ帰るでしょ」

と言った。

「ええ。だって――坂田にずっとついてられないわ」

「もちろん、いいのよ。ただ、私、壁画の方を片付けないといけないの。戻るまで待ってて」

「ええ、分ったわ」

「お祖母《ばあ》ちゃん、絵を見てもいい？」

と、有里は言った。

「いいわよ。一緒に来る？」

「うん」

有里は、幸代について行った。

「今日はもう引き上げるわ」

と、幸代は言った。

「わあ……」

有里は、広い壁にしっかりと絵の輪郭が描かれているのを見て、声を上げた。

「まだ、これから変るところもあると思うわ」

と、幸代は言って、全体を眺め渡した。

「お祖母ちゃん……」

「何か話があるのね」

「うん……。永田さんのことだけど」

有里は、村上の言葉を伝えた。

「――顔役だった。そうなのね」

幸代は肯いて、「ただのビジネスマンじゃないとは思っていたわ」

と言った。

「そう？　私にはそんな風に見えなかったけど」

「有里はまだ十六なのよ」

と、幸代は微笑んで、「今からそんなことが分ったら、末恐ろしいわ」

「でも……どうしたらいい？」

有里の思いは、口に出さずとも幸代には伝わっていた。

「問題ね。〈興津山学園〉の名が出るようなスキャンダルが起るとしたら……。でも、人が死んでるし、刺されてる。関係しあっていないとは思えないでしょ」

「私もそう思う」

幸代は、腕組みしたまま、しばらく壁を眺めていたが、やがて有里の方を向くと、

「城所真奈ちゃんのことは、たぶんたまたまでしょう。ただ、三隅っていう先生が殺されたことは、きっと何かつながっているのね」

「さくらさんのことも？」

「そう……。たぶん、事件の背景は、ずっと前から起っていたことなのよ。私たちはバラバラの出来事だと思っていても、そこには何かつながりがあって……」

「ややこしいね」

と、有里はため息をついた。

「問題は、学園のスキャンダルね。そのことを、坂田がどうして知っていたのか……」

「そうだね」

有里は肯いて、「お父さん、一体何をしてたんだろ？」

「文乃にその話をして刺されたってことは、たぶん、口外してはいけないことだったのよ」

「じゃあ、お父さんは何かの仲間になってて――」

「そう。そのグループの狙いが、〈興津山学園〉だと分って、黙っていられなかったの

ね。有里の通ってる学校なんだから」

「私のことを心配して、お母さんに秘密を洩《も》らしたってことだね」

「そう。でも、詳しい話をするわけにはいかなかった。きっと、抜けられないほどその計画に係ってしまっていたのね」

「でも、ひと言しゃべっただけで、刺された」

「坂田は疑われてたんでしょうね。それで監視されていた。文乃と会って話すのを見て、裏切ったと思われたのね」

有里はハッとして、

「お父さんを殺すつもりだったのかな。もし生きてると分って、また殺しに来たら？」

「どうかしらね。殺さなかったのか、殺せなかったのか」

「ともかく、その連中は、お父さんが何を話したか、分ってないよね。聞いたのはお母さんだけだし、あんな人の多い場所で、二人の話を聞けたわけがない」

「その通りね。向うは、坂田がどこまで話したか、分ってない。ということは、スキャンダルを起す計画を変更せざるを得ないかもしれない。――そこに、こちらの対抗するチャンスができそうね」

「村上さんに話すべきだね。お父さんの言ったことも含めて」

有里は決心した口調で言った。

「有里が話しなさい。それが一番いい。病院にも警備が必要かもしれないわ」

そのとき、咳払《せきばら》いが聞こえた。

「あら、内山さん」

内山医師が立っていたのだ。

「すみません、壁画のことが気になって見に来たんですが、ついお話が耳に入ってしまいまして」

と、内山は言った。「私でお力になれることがあれば」

「ぜひお願いしますわ」

と、幸代は言った。

有里は、学校のことが気になると同時に、永田のこと、そして娘のエリのことが気にかかっていた。

「私、村上さんに連絡する」

と言って、有里は一足先に、父の病室へと戻って行った。

21 元夫婦

「そんなことが……」

と、村上刑事は、有里からの電話を受けて言った。

「すみません。母がちゃんと話せば良かったんですけど」

「まあ、そうだね。しかし、お母さんには色々事情もあったんだろう」

「ギャング映画じゃないから、また父を狙いに来るなんてこと、ないとは思うんですけど……」

有里はK大病院の表で電話をしていた。

「そうだね……。警察はなかなかそこまで人手がなくてね」

「祖母に話して、何とかします」

と、有里は即座に言った。

「お父さんの意識が戻ったら、すぐに連絡してくれ。夜中でも駆けつける」

「よろしくお願いします」

有里はそう言って、「この病院で、今祖母が壁画を描いてるんです」

と、付け加えた。

「そうなのか。今度ぜひ見せてもらうよ」

何だか呑気《のんき》な話になってしまったが、有里としてはまだ父の件と学校のスキャンダルに関して実感がないのが正直なところだった。

村上は、〈興津山学園〉について、何か噂でも広まっていないか、当ってみると言ってくれた。

有里がケータイを切って、病院の中に戻ろうとすると——。

「お母さん」

文乃が立っていたのだ。

「聞いてたわ」

と、文乃は言った。

「ね、お母さん」

と、有里は言った。「どうして村上さんにお父さんの言ったことを話さなかったの？」

「だって……お父さんの言ったことと、刺されたことと、関係あるとは限らないでしょ」

「そりゃそうだけど、もし関係あったら、手掛りになるかもしれないよ」

「有里」

文乃はふっと目をそらして、「お父さんが何か良くないことに係《かかわ》ってたとしたら……」

「お母さん——」

「私はどうでもいいのよ。でもあんたは……」

「私？　私が何なの？」

と、有里が訊《き》くと、文乃は真っ直ぐに有里を見て、

「犯罪者の娘って言われてもいいの？」

と言った。

「お母さんたら……。そんなこと心配してたの？」

「そんなこと、じゃないでしょ。大事なことよ」

「でも、そのせいでお父さんが殺されそうになったとしたら……」

「私があの人のことを心配してないとでも思ってるの？」

と、文乃は怒ったように言った。「あんたの父親よ。以前は……一度は愛したことのある人なのよ」

「お母さん……」

有里は、文乃の目に涙が光っているのを見て、驚いた。お母さん、まだお父さんのこと、愛してる！

「あの人は、有里と私のことを心配して、あの話をしに来た。でも私は——真剣に受け止めてあげなかった。行こうとするあの人を、引き止めれば良かったのに、そうしなかった……。そのときはわけが分らなかったけど、後で悔んだわ。どうして行かせちゃったのかって」

「でも、それは……」

「あの人のことを、だめな男って決めつけてた自分に腹が立ったのよ。だから——せめてかばってやりたかった」

有里から見れば、母の言うことは筋が通っていなかったが、母は母なりに思い詰めているのだと分った。

「そうだね」

と、有里は肯《うなず》いて、「お父さん、悪いことのできる人じゃないんだよ、きっと」

「そう。そうなのよ」

文乃は有里の手を握ると、「分ってあげて。あの人なりに、娘を大事に思ってるってことを……」

「うん。――分ってる」

文乃が、ちょっと涙を拭《ぬぐ》うと、有里の肩に手をかけて、

「お父さんを恨まないでね」

と言った……。


「どうして気が変ったの？」

と、幸代に訊かれて、文乃は、

「だって、一応は元の亭主だったわけだし……」

と言った。「少しは付いていてあげなきゃ可哀そうでしょ」

後を内山医師に頼んで帰宅しようとしたとき、文乃が、

「私は残る」

と言い出したのだ。

「――じゃあ、そうしなさい」

幸代は、特にこだわる様子もなく、「有里。帰りましょう。もう遅いわ」

「うん……」

有里は、母との話の後なので、これが母なりのこだわりなのだろうと思った。

幸代と二人、病院を出ると、タクシーが正面につけて、降りて来た男を見て、有里はびっくりした。

「風宮さん！」

劇団〈空洞〉の風宮だったのである。

「君——有里君か」

風宮は、何かひどくあわてている様子だった。

「どうしたんですか？」

と、有里は訊いたが、

「いや——ちょっと知り合いがね」

風宮は幸代に気付かずに、せかせかと病院の中へ入って行った。

「何だか変だったね」

と、有里は言った。

「私生活は色々あるわよ」

と、幸代は言って、「さ、帰りましょう」

そのとき、

「有里……」

と、小声で言うのが聞こえて、

「え?」

と振り向いた有里は、また驚くことになった。

姿を消していた城所真奈だったのだ。

「真奈!　どうして……」

有里は、真奈がパジャマにガウンをはおっている姿を見て、「――入院してるの?」

と訊いた。

「うん。ごめんね、心配させて」

「どうして――。どこか悪いの?」

「ちょっと……心配だったの。妊娠してないかと思って」

真奈は目を伏せて言った。

「じゃあ……」

「いつもじゃない出血があったり、痛みがあって、心配になったの」

「そうだったの」

幸代が真奈の顔色を見て、

「穏やかな顔になってるわ。大丈夫ね」

と言った。

「ええ。――検査の結果はまだだけど、私、もう大丈夫です」

「真奈……」

　有里はごく自然に真奈を抱いた。――真奈も、有里に軽く抱きついてから、

「――今、風宮さんでしょ、入ってったの」

　と言った。

「ええ。何だかあわててた」

「婦人科にね、〈空洞〉にいた女優さんが入院してるの」

「知ってる人？」

「前に、演劇部のレッスンで、風宮さんの手伝いに来てた女の人。名前は知らないけど、見て分った」

「具合が悪いの？」

「はっきりは知らないけど、風宮さんの子を堕《お》ろしたみたい」

「そんなこと……」

「後が良くないみたいで、それで呼ばれて来たのよ、風宮さん」

「そうなのか……」

　殺されたさくらさんは、夫の裏切りを知っていたのだろうか。

「真奈ちゃん」

　と、幸代が言った。「あなたも、自分の体を大事にね。お母様には話したの？」

「はい。今、付き添ってくれています」

「良かったわ。——ちゃんと休むのよ」

「ええ。じゃ、有里。病室に戻るから」

「お大事にね」

有里は、真奈の手を握った……。


「また来て下さいね」

と、〈ミシェル〉が言った。

「忙しいのよ。そうちょくちょくはね」

と、原口恒子は言った。

いや、ここでは〈太田〉だ。

今、彼女は〈太田〉から〈原口恒子〉へと戻ろうとしているところだった。

クラブの階段を上り、表に出ると、送って来た〈ミシェル〉が素早く恒子にキスした。

「じゃあ……」

〈ミシェル〉が階段を下りて行くと、原口恒子は、ふっと夢からさめたように周囲を見回した。

そして歩き出したところで——すぐそばに立っている三田洋子に気付いた。

「あら、来てたの」

「原口さん……」

「そう怖い顔しないで。〈ポール〉のことね」

「あの人、借金で追われてるって言いました。姿をくらまさなきゃいけないんだ、って」

「仕方ないわ。自業自得よ。ギャンブルに女に車……。あの店でも持て余してたのよ」

「そんなこと……。でも、今、私はあの人がいないと……」

と、洋子は声を震わせた。

「落ちつきなさい」

恒子は洋子の肩を抱いて、「まあ、私があんたをあそこへ連れてったんだしね。責任は感じてるわよ」

「いえ、そんな……。原口さんを責めてるんじゃありません。私は大人ですし、自分であの人に惚《ほ》れたんですから」

「あんたは真面目ね」

と、恒子は笑って、「その辺で一杯飲みましょ。どう？」

――恒子はあの店の高価なシャンパンでいい加減酔っていたので、洋子を連れて〈二十四時間営業〉のコーヒーショップへ入った。

空いてはいたが、中には席で眠り込んでしまっている中年サラリーマンもいた。

「私、どうかしちゃったんです」

と、洋子はコーヒーを一口飲んで言った。「清士さんなしじゃいられないんです。夜、一人で寝てるとたまらなくて……」

「恋ってそんなものよ」

「でも、失いたくないんです！　あの人のいない毎日なんて、耐えられない……」

「まあ、待って。どうしようって言うの？　あの子の借金は半端な額じゃないわよ。あんたにはとても用意できないわ」

「分ってます」

「分ってればいいけど……。どうしようって言うの？　銀行強盗でもやる？」

恒子がからかったが、洋子は真顔で、

「やれるなら、やりたいです」

と言った。

「ちょっと……。冗談よ。今の銀行なんて、どうやったって……。でも、何とかしてお金を作りたいのね？」

「清士さんを救いたいんです。力を貸して下さい」

「そう言っても、私だって、自分のお金は大して持ってない。知ってるでしょ」

「ええ。でも……」

「そりゃあ、学園のお金に手は付けてる。でも、一度にそう多額でないから、ごまかせてるけど、まとめて何百万とかになれば、危険よ」

「危険でもいいです」

洋子が即座に言った。「危険は私が引き受けます。決して原口さんにご迷惑かけませんから」

恒子は、ちょっと目を見開いて、しばらく洋子を見ていたが、やがて大きく息をつくと、

「そこまで覚悟を決めてるのね」

と言った。「あなたが捕まるかもしれないのよ。そうなったら〈ポール〉とも会えない」

「分っています……」

「そう。――そこまで思い詰めてるのなら……」

洋子は身をのり出すようにして、

「何か方法が？」

と訊いた。

「いい？　これは極秘の話よ」

恒子が声を落として、「お金なら、ないことはないわ。もちろん学園のお金」

「でも、一度に多額に――」

「そこなのよ。私の言うのは、いつも私たちが手を付けてるのとは全く別。いわば〈隠し財産〉ね」

「そんなものが？」

「あるの。もっとも、知ってるのは、学園でもごく一部の人だけ」

「どういうお金なんですか？」

「あなたも知ってるでしょ。毎年の新入生の中に、テストの点が合格のレベルに達して

ない子がいるのを」

「はあ……。コネで入ってくる、裏口入学の子ですね」

「そう。その子たちは、表向き、決った入学金しか払ってないことになってるわ。でも本当はそうじゃない。入学金とは別に、その何倍もの〈協力金〉を払ってるの」

「記録に残らないお金ですね」

「そうなの。今までに一体何人の子を、そうやって受け入れて来たか。——その〈裏金〉が、ひそかに貯め込んであるの」

「じゃあ、相当な額ですね」

「ええ。軽く、〈億〉は超えるわね」

「そんなに……」

「そのお金なら、使ったとしても、表沙汰《おもてざた》にならない。もともと存在しないお金なんだから」

洋子の硬い表情からは血の気がひいていた。しかし、恒子を見る目は揺らがなかった。

「そのお金で、清士さんを助けたい」

と、洋子は言った。

「でもね、危険よ」

「危険……」

「警察に届けられないってことは、誰も知らない内に処理されるってこと」

「それは——私が殺されるということですか？」

「ばれたらね。運よく、気付かれなければ、隠し通せるかもしれない」

「——分りました」

と、洋子は言った。「危険は承知で、何とかしたいと思います」

「分ったわ」

と、恒子は言った。「でも、私一人の力じゃ、どうにもならないの。色々、遠回りに筋を通していかないとね。あなたに何かしてほしいときは言うわ」

「よろしくお願いします」

洋子は恒子の手を握って、拝むように目を閉じた……。

22　袋小路

有里は、演劇部の部室のドアを開けた。

今日は誰もいない。

雑然としているのはいつものことだ。

放課後で、本来なら部活動がある。しかし定期試験を控えて、今週はどこのクラブも休みなのだ。

しかし、有里は何となくここへ来てしまった。この埃《ほこり》っぽい空気が好きだったのだ。

白く汚れた窓ガラス越しに、グラウンドがぼんやりと見える。陸上部の子だろう、トレーナー姿で自主練習らしくランニングしていた。

文化祭が終ると、もう北風は冬の冷たさを運んで来る。期末試験が終れば、冬休みで
この一年が終る。

早いなあ……。

有里は、十六歳にしてはいささか年寄じみた感想を抱いていた。

外を眺めていると、ドアが開く音がして、振り返る。

「やっぱりここだった」

「真奈」

城所真奈が入って来る。

「──体調、どう？」

と、有里は訊《き》いた。

「うん、もう普通に戻った」

「良かったね」

女の子同士の会話である。三隅と関係を持って、痛みや出血があった真奈は、治療を受けて、正常な生理が来るようになった。

それは精神的に安定したせいもあるだろう。

「でも……どうなったんだろうね」

と、真奈は言った。

「うん……。まだ手掛りないんじゃない？　村上さんからも何も言って来ないし」

三隅研一が毒物で殺されたことは分った。すぐそばにいた真奈は、もちろん話を聞かれたが、正直に話していることは警察も信じてくれたようだった。

三隅と付合っていたことで、真奈は学校から注意を受けたが、元はといえば、教師の方が真奈を誘ったわけで、学校側としても真奈を処分することはできなかった。

真奈は一週間の入院で学校に戻った。他の子たちは、むろん三隅と真奈のことは知っていたが、却《かえ》って、「凄《すご》いな、真奈って」と、感心する子がいたりして、特に学校に居づらい状況にはならずにすんだ。

「――もう帰ろうか」

と、有里は言った。

「うん。一緒に出る？」

「そうしよう」

二人は一旦《いったん》教室へ戻った。

有里には他の心配もあった。刺されて入院した父、坂田のことだ。

傷は思いのほか深かったようだが、数日で意識を取り戻し、今はおとなしく入院している。

しかし、刺される前に文乃に言ったこと――興津山学園をスキャンダルが襲うという件に関しては、それ以上何も言おうとしなかった。

村上も病院へ行って、坂田とじかに話したのだが、何も訊き出すことはできなかったのである。

文乃は「別れた夫」とはいいながら、入院している坂田の世話をしていた。でも、

「お母さん、お父さんとよりを戻すの?」

と、有里が訊くと、

「とんでもない! あんな人と」

と、本気で怒っている。

それでも、坂田が頼ってくるのが、文乃にとっては快感らしい。

女心は分らない……。有里はそんなことを考えていた。


「私、アンミツ」

と、有里は注文した。

「私も」

真奈がおしぼりで手を拭《ふ》きながら言うと、

「――あれ?」

「どうした？」

「ほら、広士さん」

有里は振り返った。

学校帰りに入った甘味の店。奥の方のテーブルに、三田広士がいた。

一人でコーヒーを飲んでいるが、チラチラと腕時計を見ているのは、大方誰かを待っているのだろう。

有里たちは、そうひんぱんに事務室へ行くわけではないので、広士がどうしているのか、よく知らなかったが、一応クビにならない程度には働いているようだった。

「あ、本当だ」

有里の声は演劇部できたえられているからよく通る。広士が二人に気付いて、

「やあ」

と、手を上げて見せた。

そして、なぜだか自分のコーヒーを持って、有里たちのテーブルへやって来たのである。

「いいかい、ちょっと」

「ええ、どうぞ」

有里は肯《うなず》いて言った。「待ち合せじゃないんですか？」

「うちの奥さんとね」

「へえ！　会いたい！」

と、真奈が言った。

「遅れて来るってメールが来たんだ。——君たち、今はクラブがないのか」

「試験が近いから」

と、有里は言った。「でも、試験が終ったら大変なの」

「何かあるの？」

「クリスマスに、歌とお芝居の短い舞台をやるの。うちの学校の伝統」

「へえ。知らなかったな」

「見に来て。お芝居だけじゃなくて、歌も結構聞けるよ」

アンミツが来て、二人が食べ始めると、広士が、

「見てたら旨《うま》そうだな。——おい、もう一つ、アンミツ！」

有里と真奈は笑ってしまった。

「——このところ酒を飲んでないんだ」

「体こわしたの？」

「いや、タバコをやめたんでね。ついでにアルコールも減らそうって」

「真面目だね」

「というか……。アケミの奴が妊娠したらしくてさ」

と、広士は少し照れたように言った。

「へえ！　おめでとう」

「まあ……想像つかないよ、自分が父親になるなんて」

と、広士は苦笑した。「姉貴には、『自分の方が子供みたいなのに』って言われてる」

そして、アンミツが来ると、広士は一口食べて、

「うん、甘さが控えめだな」

「今は、そうベタベタ甘いのって、はやらないんだよ」

と、有里が言ったとき、店に入って来た女性が、真っ直ぐ有里たちのテーブルへやって来ると、

「何食べてるの？」

と、広士に言った。

「いいだろ。ここはこういう店なんだ」

と、広士は言った。「女房のアケミだよ」

有里たちのことを紹介する間に、アケミは同じテーブルにさっさとついて、広士のアンミツをパッと取って食べ始めた。

「おい……」

「今は私の方が栄養とらないと」

と、アケミは言って、アッという間に器を空にしてしまった。

そして、一息つくと、

「あなた、天本さんって有名な画家のお孫さんね」

と、有里に向って言った。

「ええ」

「聞いてるわ。一年生とは思えないしっかり者だって」

「そんなことないですよ」

「最近、事務室を覗《のぞ》いた？」

「あんまり用事ないし……。どうしてですか？」

「洋子さんの様子、何か気が付かない？」

「おい、アケミ――」

「広士は身近に見てるから分らないのよ。たまに見るだけの人の方が、何かあったとき、気が付くわ。洋子さん、普通じゃないわよ」

「そう言ったって……」

広士は、生徒たちの前で姉のことを言われて、渋い顔をしている。

すると真奈が口を開いた。

「本当ですよ。三田さん、この間、凄い勢いで若い事務の人を怒鳴りつけてた」

「真奈……」

「以前はあんなことなかったと思う。そして、そのすぐ後で、たまたま私、見ちゃったんだけど、三田さん、トイレで泣いてた」

「本当？」

「うん。それも普通じゃない。号泣っていうのかな、ああいうの」

「ともかく、精神的に不安定になってるのは確かよ」

と、アケミは言った。「広士、少しは心配しなさい、自分のお姉さんのことなんだから！」

「分ってるよ。だけど……『どうかしたのか？』って訊いたって、姉貴は言いやしないよ」

「心配よ。着るものが派手になったときも心配したけど、今は何だかやけになってるみたい」

アケミの言い方はズバズバと遠慮がないけれど、そこに本気で三田洋子のことを心配している思いが感じられて、有里はアケミに興味を持った。

「気を付けておきます」

と、有里はアケミに言って、「何なら、お汁粉どうですか？」

と訊いた……。

「どう思う？」

と、有里は幸代に訊いた。

「それは心配ね」

幸代が即座に答える。「本気で心配した方がいいかもしれないわ」

「――女は時々、そういうことがあるわ」

夕食をとりながら、文乃がそう言って、「有里、もう少し食べる？」

「うん、もう一杯。軽くよそって」

と、有里は茶碗《ちゃわん》を母へ渡した。

「人間、悩み方、悲しみ方にも性格が出るものよ」

と、幸代は言った。「いつも感情的になってる人なら、そう心配しなくていいでしょうけど。――三田さんは生真面目な人でしょ。そういう人は、一旦道を踏み外すと止らない」

「そうだね。でも――どうしようもない」

と、有里はため息をつきながら、それでもしっかり食べていた。

「村上さんから何か言って来た？」

と、文乃が訊いた。

「私に？　何も」

と、有里は首を振って、「相手が学校だと色々難しいんだって、いつかこぼしてたけどね」

「そうね」

と、幸代が肯いて、「学校内のことに、外から干渉するのは、いいことじゃないから。

ただ、三田さんが何か取り返しのつかないことをしてなきゃいいけれどね」

「怖いこと言うね」

と、有里は言った。

「あんたは試験があるでしょ」

と、文乃が言った。「探偵ごっこはやめてね」

そう言われると、有里も言い返せない。何といっても高校生なのだ。

「坂田は何も言わないの？」

と、幸代が文乃に訊いた。

「大したこと知らないんだと思うわ。――それに、しゃべったら命が危いのかもしれない。無理に言わせないで」

入院している坂田のことは気になっているらしい文乃だった。

「そうそう」

と、食事を終えると、幸代が言った。「これから一週間、K大病院に泊るから」

「絵のこと？」

「もちろん。壁画に集中したいの」

有里も、祖母が一旦絵にかかったら凄い集中力で仕事をすることを知っている。

「食事もできるし、ベッドも提供してくれる。もちろん途中でも戻ってくるかもしれないけど、夜は向うにいると思って」

「うん、分った」

と、有里は肯いて、「邪魔しないよ」

「何かあれば連絡してくれていいのよ。でも、大事な用のときだけね」

有里は、そんな祖母の姿が好きだ。

「ごちそうさま」

有里は席を立つと、「勉強してくる」

と、自分の部屋に入って息をついた。

「試験、試験と……」

机の上をまず整理。勉強にかかる前の儀式である。

ケータイが鳴った。永田エリからだ。

「――もしもし」

「有里？　ごめんなさい、勉強中？」

「まだこれからよ。何か？」

永田エリは、希望通り演劇部に入った。むろん、試験があるので本格的な活動はこれからだが、当人は張り切っている。

「クリスマスのことだけど」

と、エリは言った。

クリスマスに上演する短いステージのことだ。

「うん、エリも出るんだよ」

「大丈夫かなあ。ね、今、部活はできないけど、歌のレッスンぐらいはいい？」

「ああ、そうだね」

歌もあるので、エリは不安なのだろう。むろん、入部したばかりで、ソロを取ったりしないだろうが。

「ボイストレーニングの先生なら、個別で教えてくれるよ。紹介してあげようか？」

「うん！　お願い！」

「分った。明日、帰りにでも？」

「もちろん大丈夫。お願いね」

「じゃ、授業終ったら、少し残ってて」

「よろしく」

エリは声を弾ませていた。

だが――その後、少し微妙な間が空いた。

「エリ」

と、有里は言った。「何か他に話したいこと、あるんじゃない？」

エリはちょっと笑って、

「凄いな。本当に有里って名探偵だね」

「からかわないで。もし、私で役に立つことがあれば言って」

「私……」

と言いかけて、ハッとした様子で、

「あ、お父さん、帰って来たみたい。明日また」

と、急いで言うと切ってしまった。

「エリ……」

エリは何か知っているのではないか、と有里は思った。

父親の永田慎司は〈S産業〉の社長ということだが、村上の話では裏の世界の顔役だったという。

今はもう違うのかもしれない。しかし、有里は永田がケータイで〈ミシェル〉や〈ポール〉のことを話していたのを聞いている。

エリだって、自分の父親がどんな仕事をしているのか、一緒に暮していて分らないわけはあるまい。エリが話そうとしたこと。それはもしかして、父親の仕事と係《かかわ》りのあることかもしれない。

永田が〈ミシェル〉や〈ポール〉を知っているということは、店に出入りしている事務長の原口恒子や三田洋子についても知っているということだろう。

「永田さんが……」

今度の色々な出来事の背景に、永田が深くつながっているとしたら、エリとの話から、思いがけない解決の緒《いとぐち》が見付かるかもしれない、と有里は思った……。

23　光と闇と

「よろしくお願いします」

レッスンを終えて、永田エリはボイストレーニングの先生に言った。

「なかなかいいわ」

と、六十近い女性の先生はエリを気に入った様子で、「声の質がいい。ちゃんと伸せばいい歌が歌えるわよ」

「ありがとうございます」

エリを連れて来て、レッスンを聞いていた有里は、

「初めからほめてもらえるなんて凄《すご》い！」

と言った。「私なんか、初めの内は叱られるばっかりだった。ね、先生？」

「先生」は松井《まつい》育代《いくよ》といった。有里の言葉に笑って、

「だって、初めは本当にひどかったんですもの」

「先生、乙女心を傷つけてる」

「そんなことないわ。レッスンは厳しいものよ。でも、有里ちゃんは努力でアッという

間に上手《うま》くなった」

「私も頑張ります」

と、エリは言った。

「じゃあ、次は……」

「私はテストが終ってから」

と、有里は言った。「エリはどうする？」

「週に一度は来たいです」

「いいわよ。じゃ、決めておきましょう」

次のエリのレッスン日を決めて、二人は松井育代の家を出た。

もう暗くなっている。

「日が短くなったね」

と、有里は言った。「エリ……」

「時間、ある？」

「うん、大丈夫。まだテストまで日があるから、焦らなくても」

「じゃあ……」

二人は駅まで出て、駅ビルの中のパーラーに入った。

有里はケータイで文乃に、〈少し遅くなる〉とメールを送った。

「――エリ、話したいことって？」

と、飲物が来ると、有里が言った。

できるだけアッサリと、さりげなく口にしたつもりだった。

「うん……」

エリは、少し迷っている風だったが、「有里も知ってるんでしょ？　うちのお父さんのこと」

「お父さんの……昔のことね？」

「ありがとう」

と微笑んで、「でも、私だってもう子供じゃない。父のやってることぐらい分る」

「やってること？」

「たぶん……父は顔役なの。裏社会のね」

と、エリは投げ出すように言った。

有里は何とも言いようがなく、黙っていた……。

「──でもね」

と、エリは言った。「父は私のことを大切にしてくれる。その点はありがたいと思ってる」

「そりゃあ、父親だもの」

「だけど、本当に私のこと、思ってくれてるんだったら、ああいう世界から抜け出してくれれば……。足を洗う、って言うの？」

「まあ……色々事情もあるのよ」と、有里は言った。「ただ、今、お父さんは〈興津山学園〉のことに何か係《かかわ》ってない？」

「そう思う？」

エリは身をのり出した。「私も、そこが心配なの。せっかく今の学校生活が楽しいのに、もし学校移るなんてことになったら、と思って」

「エリ。——何か知ってるのね。話して」

何か具体的な心配の理由がなければ、こんな風に有里に話をしないだろう。

「はっきりしているわけじゃない」

エリはゆっくりと言葉を選んで、「父も用心してるからね。私の耳に入らないように」

「でも、何か気になることがあったのね」

「この前の週末に、父と食事に行ったの」

と、エリは言った。「父がよく行く店で、ブラセリーっていうの？　少しカジュアルなフレンチのお店だった……」

「おいしい」

と、エリは微笑んで、「デザートの分、お腹を空けとかないと」

「いくらでも食べろ」

と、永田は笑って、「後で太ったとか文句を言っても知らんぞ」

「いいもん。ちゃんと運動する」

と、エリは言い返した。「演劇部って、結構きついんだよ、練習」

「泣いたり笑ったりするだけじゃないのか」

「分ってないな！　まず体をきたえて、呼吸法を身につける。そうしないと、セリフがしっかり言えないのよ」

「難しいもんだな」

永田が自分の料理を平らげて、ナプキンで口を拭《ふ》いていると、ウエイターが二人のテーブルへやって来て、

「永田様ですか」

と言った。

「ああ」

「こちらを」

折りたたんだメモらしいものを渡す。

永田は、ちょっと眉《まゆ》をひそめて受け取ると、広げて、急に厳しい表情になった。

しかし、すぐ普段の顔に戻って、

「ちょっと電話して来る」

と、席を立った。

電話じゃない、とエリは思った。レストランの入口の方へと急いで歩いて行きながら、ケータイを取り出そうとしていない。

エリは今の父の表情が気になった。自分も食べ終えると、トイレに立つような感じで、店の中を横切り、奥を回って、入口の方へと行ってみた。

父の姿はなかった。——どこへ行ったんだろう？

クロークの女性が、

「あ、お嬢様ですか」

と、エリに気付いて、「お父様は外で話を……」

「どうも」

クロークに客が来たので、エリは素早くレストランから外へ出てみた。

ショッピングモールの中なので、そこは通路になっている。少し先に、待ち合せ用のスペースがあった。

エリは、ここまで来たのだから、とそのスペースの方へ行ってみた。

父がいた。——話している相手は若い男だった。

ホストだ、と思った。父がホストクラブに係っていることは知っていた。

若い男は、派手な色のスーツ、髪を染めていて、どう見てもホストだろう。

しかし——二人は黙っていた。

話が途切れた、という様子だった。父も、若い男も、どっちも互いに目を合せないようにしている。

父に気付かれるかもしれない、と思いながらも、エリは二人に近付かずにはいられなかった。

やがて父が言った。

「お前がそんなことを言い出すとはな」

怒っているという風ではなかった。口調は穏やかだった。

「――笑いたきゃ笑って下さい」

と、若い男が言った。

「笑いやしない。私も、お前の気持は分るよ」

若い男は父の顔を見て、

「本当ですか？　そう思います？」

と訊《き》いた。

「ああ」

父は肯《うなず》いた。「しかしな、お前は〈ポール〉で、私は幹部なんだ。それは変えられない」

「ええ……。分ってます」

〈ポール〉と言われた男は目を伏せて、「この先、どうすれば……」

「指示があっただろう？　それに従うしかない」

「でも……辛《つら》いんです」

と、〈ポール〉は言った。「あんないい人を……」

「ええ、分ってます。今まで騙《だま》して来ておいて、今さらこんなこと言っても……」

「〈ポール〉――」

「私たちの仕事は、途中で降りるわけにいかないんだ」

「そうですね……」

「片付いた後で、何かしてやれることがあるかもしれんよ」

「あの人は……生きていないかもしれませんよ」

「心配しても仕方ない。ともかく、ここまで来てしまったんだ。やり通すしかない」

「ええ……。分ってます」

「〈ポール〉。私のプライベートな時間に、会いに来るのはやめてくれ。今も娘と食事中なんだ」

「はい。すみません。分ってたんですけど……」

「まあいい。二度とするなよ」

「はい」

「相談したいことがあれば、夜中にケータイへかけて来い。出るようにする」

「ありがとうございます」

〈ポール〉は、そう言って、「じゃ、僕はこれで……」

エリは急いでレストランへと戻って行った。

テーブルについて、息をつくと、父が戻って来るのが見えた。

「──すまん。ちょっと仕事のトラブルでな」

と、父は言った。


「父は嘘ついてた」

と、エリは言った。「どうしてか、私に本当の心配ごとを知られるのを怖がってる。私、そう感じたの」

有里は肯いた。

〈ポール〉。その名前を、有里は文化祭のとき、自転車置場で聞いていた。

原口恒子が、三田洋子に、

「〈ポール〉と会ってるの？」

と訊いて、洋子は赤くなっていた。

三田洋子が〈ポール〉に夢中になっている？　あのときの話では、そう思えた。

その〈ポール〉が、永田に、「あんないい人」を「騙して来た」と話していた。

その「いい人」とは、三田洋子のことだろう。そして、「騙して来た」とは、どういうことなのか？

色々想像することはできる。しかし、考えるのが恐ろしかった。

あのアケミという人が、洋子について言っていたことを思い出す。

洋子は何かただならないことに手を染めてしまっているのではないか。

しかし、今のエリに、そこまで話すことはできない。エリとしても、父親を疑うのは辛いだろう。

「たぶん……何か起ろうとしてるんだね、私たちの学校に」

と、有里はゆっくりと言った。「エリ。お父さんに気を付けていて。でも、正面切って訊いたりしちゃだめだよ。お父さんにも立場ってものがあるから」

「うん、分った」

「どんな細かいことでもいい。学園に係るようなことだと思ったら、教えてちょうだい。私、祖母とも相談して、どうするか考える」

「有里……。ありがとう」

「祖母は、冷静に全体を眺められる人なの。私たちは、どうしても知ってる人や親しい人のことは、冷静に見られないけどね」

「私、メールで知らせるよ。何かあったら」

と、エリは言った。

「うん。そうしてくれれば嬉《うれ》しい」

有里はそう言って、「――ね、せっかく入ったんだから、何か甘いもの、食べていかない？」

しばらく声をかけられなかった。

幸代は少し高くなった足場の上で、一心に壁画に向き合っていた。

その姿は、周囲に見えない柵《さく》をめぐらせているかのようだった。

有里は、照明の下、壁画に集中している祖母を、十分近く、じっと眺めていた。

そして――幸代は大きく息をつくと、手もとのタオルで顔を拭《ぬぐ》って、

「待たせたわね」

と、有里の方へ、優しい笑顔を見せた。

「あ、知ってたの？」

「分るわよ」

と、幸代は笑って、「可愛い孫の香りぐらいはね」

「え？　私、何か匂ってる？」

「そんな意味じゃないわ。――ひと休みしようと思ってたの」

「ひと休みって……。まだ続けるの？」

「もちろん！　腕が疲れて上らなくなるまでね。気持がはやっても、体がついて来ない。もう若くないのね」

「でも、お祖母《ばあ》ちゃんは、同じ年齢《とし》の他の人と比べたら……」

「そんなことより、何か話があるのね？」

「うん、まあね」

「夕食をとってないの。一緒にどう？　もう食べた？」

「軽く。でも付合うよ」

「そうして」

幸代は有里の肩を叩《たた》いた。

――二人は、病院を出て少し歩いた所のレストランに入った。

軽い食事、と言っても、幸代はしっかりステーキなどを食べる。やはり創造のエネルギーは七十代ではない。

「――あの永田さんの娘のエリから聞いたの」

食事の後、コーヒーを飲みながら、有里はエリから聞いた話を幸代に伝えた。

「『あんないい人』ね……」

と、幸代は小さく首を振って、「そんな、〈ポール〉って男の子にまで、後ろめたさを感じさせる人なのね」

「三田洋子さんのことだよね」

「間違いないでしょうね。――三田さんは、〈ポール〉に騙されて何かしてしまったか、それともしようとしている……」

「どうしたらいいと思う？」

幸代は少し考えていたが、

「こうなったら、のんびり待ってはいられないわね」

　と、何か思い切ったような口調で言った。

「どうするの？」

「その弟さんに連絡取れる？」

「広士さんのこと？　──うん、ケータイの番号は知ってるけど」

「会いに行きましょう」

「今から？」

「手遅れにならないようにね」

「手遅れ、ってどういうこと？」

「考えてごらんなさい」

　と、幸代は言った。「三田洋子さんがそんなに真面目で、思い詰めてしまう人だったら。──自分の愛している学校に損害を与えて、その名前に傷がつくようなことをしてしまったとしたら。それが、たとえ好きな男のためだったとしても、自分で罪を償おうとするでしょう」

「それって、つまり……」

「〈ポール〉のために、やれることをやった後、三田さんはきっと自分で自分の始末をつけるわ」

　有里は息を吞《の》んだ。

「自殺する、ってこと？」

「私がその人だったら、そうするわね。〈ポール〉に罪を負わせないためにも、それが唯一の方法でしょ」

そうだ。——確かに。

どうして考えなかったんだろう。有里は悔んだ。

「広士さんにすべて話すの？」

「というより、アケミって人にね。その人は物事を直感的に見抜く目を持ってるという気がする」

「分った」

有里は広士のケータイに電話した。

「——今から？」

「どうしても話したいことがあって。いいですか？」

「それは構わないけど……」

「アケミさんにも聞いてもらいたいの。家にいる？」

「ああ、いるよ。ちょっと待って。——アケミ」

向うが替った。

「天本有里です。祖母と一緒に伺いたくて。いいですか？」

「私にご用？」

「洋子さんのことで。祖母が心配しているんです、洋子さんのことを」

少し間があった。

「──ええ、構わない。待ってるわ」

と、アケミは言った。

有里は通話を切って、幸代の方へ、

「アケミさんの声が変ったわ」

と言った。「何か感じたみたい」

「じゃ、行きましょう」

と、幸代は有里を促して、「病院の車を自由に使っていいことになってるの」

二人は足早にレストランを出て、病院へと戻って行った……。

24　救いの手

「姉さんが？」

三田広士はそう言うと、ちょっとの間ポカンとしていたが、やがて笑った。「──まさか！　あのお堅い姉さんがホストに入れあげてるって？」

しかし、笑ったのは広士だけだった。

アケミは広士の方へ、

「私、言ったでしょ」

「――何を？」

「洋子さん、着るものが派手になった、って。広士は気が付かなかったかもしれないけど」

「派手になったからって、それが……」

「〈ポール〉ってホストと付合っていたことは間違いない」

と、有里は言った。

「本当か？」

広士もやっと信じる気になったようで、「しかも、あの事務長も？　――びっくりだな！」

広士とアケミのアパートである。

部屋はきれいに片付いていた。

有里と幸代は、広士とアケミに事情を打ち明けた。

「だけど……姉さんは、何より学園が大事だと思ってるんだぜ。それなのに……」

「男に惚《ほ》れたら、そんなことにもなるのよ」

と、アケミは言った。「天本さん、どうしましょうか」

「これから、洋子さんに会いに行きたいと思うんだけど」

と、幸代は言った。「案内してくれる？」

「分りました」

と、アケミは立ち上って、「すぐ近くですから」

「おい、待て。俺も行くよ」

さすがに広士も焦っていた。

幸代と有里、広士とアケミの四人で、急いでアパートを出ると、近くの三田洋子のアパートへと向った。

「――洋子さん、歩いて五分ぐらいの所、って言って、今の私たちのアパートも、探してくれたんです」

と、アケミは言った。

「洋子さん、嬉《うれ》しかったんですよ」

と、有里が言った。「広士さんが働く気になってくれて」

「まあ、そうだろうな」

と、広士が少し照れたように、「何しろ、遊んでばっかりいたからな、俺は」

「洋子さんは、遊ばな過ぎたのよ」

と、アケミが言った。「だから、ホストなんかにはまっちゃう」

「しかしなあ……」

と言ったきり、広士は黙ってしまった。

四人は夜道を辿《たど》って——。

「このアパートです」

と、アケミが言った。「二階の端の窓。——おかしいわ」

「どうかした?」

と、幸代が言った。

「カーテン、開いてるのに、明りが点《つ》いてる。洋子さん、そんなことしないわ」

アケミは階段を駆け上った。

そして廊下の奥まで行くと、広士の方へ、「鍵《かぎ》、貸して」

「でも……チャイム鳴らした方が……」

「私に任せて」

アケミの口調は、いつもと違っていた。

広士から鍵を受け取ると、アケミはドアに耳を寄せて、ちょっと聞き耳を立てていたが、鍵穴にスッと鍵を差し込んだ。

有里は幸代とチラッと目を見交した。

アケミの様子が、いつもとは別人のようだ。広士は面食らっているだけだったが、有里はただごとでない雰囲気を感じ取っていた。

アケミは鍵を素早く回すと、次の瞬間ドアを思い切り開けた。

有里は、アケミが身を低くして玄関へ入ると、そこに脱いであった洋子の靴をつかむのを見た。

正面の部屋に男が立っていた。突然アケミが入って行ったので、ハッとして立ちすくんでいた。

畳の上に洋子が倒れていた。首に紐《ひも》が巻きついている。

作業服のようなものを着た男は、ナイフを取り出した。アケミが手にした靴を投げつけると、みごとに男の額に当った。

男が痛みによろける。アケミはもう片方の靴を手にして部屋へ飛び込んだ。

アケミが靴で男の手からナイフを叩《たた》き落とした。男は舌打ちすると、奥の窓へと駆け寄って、外へ飛び下りた。

アケミは窓から下を見渡したが、

「逃げたわ。――広士！　洋子さんを！」

広士は、やっと玄関へ入って来たので、何が起ったのか、さっぱり分っていなかった。

「おい……」

「救急車を呼ぶわ」

アケミは部屋の電話へ駆け寄った。

幸代が、呆然《ぼうぜん》と突っ立っている広士を押しのけて、洋子へと駆け寄ると、

「――首を絞められてる。でも、大丈夫！　まだ生きてるわ」

幸代が洋子の胸に手を当てて力をこめて押すと、洋子が咳込《せきこ》んで、大きく呼吸した。

「良かった」

幸代が言った。「間一髪だったわね」

「どうしたってんだ？」

「洋子さんを誰かが殺そうとしたのよ」

と、幸代が言った。「そして、自分で首を吊って死んだと見せかけるつもりだったんでしょうね」

「すぐ救急車が」

と、アケミが電話を切って言った。

「広士さん」

と、幸代が言った。「表で救急車を待っていて」

「あ……。分りました！」

広士があわてて出て行く。

アケミは洋子のそばに膝《ひざ》をついて、

「広士をわざと行かせたんですね」

と、幸代に言った。

「広士さんはあなたのしたことを見てないわ」

と、有里は言った。「アケミさん、あなた……」

「訊《き》かないで」

と、アケミは言った。「私はただ、洋子さんを夢中で助けただけ……」

むろん、アケミがただ者でないことは、有里も幸代も分っていた。

「お祖母《ばあ》ちゃん」

と、有里は言った。「警察に知らせないと」

「そうね」

と、幸代は肯《うなず》いた。「有里、男の顔を見た？」

「チラッとだけど」

「落として行ったナイフに指紋が付いてるでしょう」

と、幸代は言って、「それで充分。――アケミさん、あなたは自分のアパートへ帰っていなさい」

アケミは幸代をまじまじと見つめて、

「天本さん……」

「いいから。あなたはここにいなかったことにしましょう。お腹の赤ちゃんのためよ」

アケミはちょっと目を伏せて、

「ありがとうございます」

と言った。「でも……いずれにしろ、このままじゃ済まないんです」

「そうかもしれない。でも今は、広士さんの子を産むことが第一よ」

「はい」

アケミは肯いた。「この子のことを守りたいと思います。広士のことも」

「あなた自身のことだって……」

「私はいいんです。今からどうしたって、取り返せないんです」

「アケミさん……」

と、有里が言った。

「じゃあ、私はこれで」

アケミが足早に部屋を出て行く。

倒れている洋子が、呻《うめ》きながら身動きした。

「——洋子さん」

と、有里がそばに膝をついて、「救急車がすぐ来るから」

「あなた……どうしてここに……」

と、苦しげな、かすれた声を出す。

「殺されるところだったんですよ。——動かないで」

「有里、あの村上っていう刑事さんに連絡しなさい」

「分った」

有里は村上のケータイへかけた。

村上は、すぐ駆けつけて来ると言った。

「——天本さん」

と、洋子は幸代に言った。「これは……自業自得なんです」

「そんなこと言っちゃ——」

「いいえ、本当のことなんです。私は学園にとんでもない迷惑をかけてしまった……。ご恩を受けているのに、それを裏切ってしまったんです」

「だからって、殺されていいわけじゃないわ。あなたが自分のためにしたことじゃないんでしょう？」

幸代は洋子の手を取って、「今は安静にして。弟さんのところに子供が生まれるんでしょ？　ちゃんとそれを見届けないと」

洋子は、幸代の言葉に感謝するように、無言のまま幸代の手をギュッと力をこめて握った。

「サイレンだ」

と、有里が言った。「救急車だよ！」


もう、いい加減にしてよ……。

原口恒子は、しつこく鳴り続けるケータイに、ため息をついた。

今日はもう仕事が終ってるのに。

原口恒子は、いつも寄る居酒屋で飲んでいた。

もちろん、〈ミシェル〉と飲むような、高級なシャンパンではない。一人のときは、こんな気楽な店に来る。

「――もしもし」

ため息まじりで出てみると、

「どうして出ないんだ」

と、腹立たしげな男の声。

「時間外ですよ」

と、恒子は言い返した。

「おい――」

「文句言わないで下さいよ。学校を出たら、私たちは対等。そうでしょ？　いえ、私の方が大変な思いをしてるんですから」

「分ってるさ」

「だったら、そう不満そうな声を出さないで下さいよ」

「知らせた方がいいと思ったんだ。――今夜、三田洋子が殺されかけた」

一瞬、恒子も酔いがさめた。

「それは――あなたがやらせたことじゃないんですか？」

「違う。誰だか分らんが……」

「で、三田さんは？」

「ちょうど人が訪ねて来て、無事だったそうだ。入院しているとだけ聞いたが、詳しいことは分らん」

「そうですか……」

「事件だから、ニュースになる。万一、金の問題が明るみに出たら……」

「大丈夫ですよ。三田さんはしゃべりません。約束ですから」

「そううまく行くかな？　ともかく、用心してくれ」

「分りました。もし、マスコミがかぎつけても、証拠は出ないでしょう。三田さんに、念を押しておきます」

「頼むぞ」

「病院はどこか分ってるんですか？」

「〈N共済病院〉らしいという話だ」

「ああ、あの人のアパートの近くですね。弟に訊いてみましょう」

「手早く行動してくれよ」

「心得ています」

恒子は早々に切ってしまった。

むろん、不安は抱えている。だからといって、焦ってどうなるものでもない。

「――なるようになるわ」

と呟《つぶや》くと、恒子は日本酒のグラスを一気に空けた。

アパートに帰ると、アケミはしばし座り込んだまま、動かなかった。

ずっと考えずにいたことが――。そのときがやって来た。

一日、一日と、

「まだ大丈夫」

と、自分へ言い聞かせて来た。

しかし、分っていたのだ。こんな毎日が、ずっと続くわけでないことは。

洋子を助けられたことは良かった。しかし、逃げた男は、仕事の邪魔をした妙な女のことを、報告するだろう。それが誰なのか、「彼」の耳に入るのに時間はかかるまい。

そういう狭い世界なのだ。

アケミは、前の仕事の指示を、

「体調を崩していて、失敗するかもしれない」

と言って断っていた。

その後、連絡はない。しかし、あのわがままは一度は許されても二度は無理だ。

いや、もう向うはアケミのことを見限っているかもしれない。だからといって、忘れてくれるわけではない。

「もう使えない」

となれば、消される。

そういう世界なのだ。

「でも……何とかこの子を……」

と、アケミは下腹に手をそっと当てた。

母親になる。――ついこの間までのアケミなら、考えもしなかったことだ。

それが、今ではこんなにも大切なことになっている。

ただ、問題は広士を巻き添えにしてしまうかもしれないということだ。――この子を、父親のいない子にしたくない。

それには、アケミが姿をくらますのが一番だが……。

「だめだわ」

向うはアケミがここに住んでいることも、すべて承知だ。

アケミが姿を消せば、広士から居場所を訊き出そうとする。広士は痛めつけられ、もしかすると殺される。

しばらく考え込んでいたアケミは、一つ大きく息をついて、

「他に手はないわ」

と呟いた。

まだしばらく広士は帰って来ないだろう。

アケミはメモ用紙を手に取ると、ボールペンをつかんで、広士にあてて書き始めた。

もしかすると、〈遺書〉になるかもしれないものを。

25 代償

「もしもし」

と、アケミは言った。

「——お前からかけて来たのか」

と、電話の向う《むこう》の声は言った。

その声の調子に、アケミは半ば安堵《あんど》した。

アケミを見捨てている様子ではない。しかし、以前の通りというわけでもない。

「お話ししたいんです」

「そうだろうな」

「あの——」

「お前が選べる立場じゃないぞ」

「分っています。この前のことは……」

「まさか、お前がな……」

と、ため息をついて、「ろくでもない男と結婚して、ボケちまうとは思わなかったぞ」

その言い方に、アケミはホッとした。

「ろくでもない男だから、一緒にいたいんです」

「そんなもんか」

「それに……私、赤ちゃんが」

向うは絶句したようだった。しばらくして、

「――何て奴だ」

「すみません」

「俺はお前を死なせたくない。分るか」

やはり、アケミを「消す」という話が出ていたのだと悟った。

「――分ります」

「今のままで、お前を守ってやるわけにはいかない。お前が抜けるのを認めるとすれば、みんなが危険にさらされる」

「何か道はありませんか」

静かに、しかし必死の思いをこめて言った。向うに通じるだろうか？

しばらく沈黙があった。

「――いい仕事をすることだ。それしかない」

と、相手は言った。「あと一人。やれるか」

選ぶ余地はなかった。

「やります」

と、アケミは言った。

その「一人」で本当に済むのか。それきり放っておいてくれるのか。アケミにも分らなかったが、今は他に道がない。

「誰ですか、相手は」

と、アケミは訊《き》いた。


人の気配に、三田洋子はゆっくりと目を開けた。

「事務長さん……」

原口恒子が、ベッドのそばに立って、洋子の方を覗《のぞ》き込んでいた。

「危いところだったのね」

と、恒子は言った。「無事で良かったわ」

「事務長さんじゃないんですか」

「——何が？」

と訊き返してから、「私があなたを殺させようとした？　まさか！　私はマフィアじゃないわよ」

「そうですね……。すみません」

「でも……警察には、泥棒に入られたことにして。分るでしょ？　声を上げようとして、首を絞められた、って」

と、恒子は言った。「学園と関係のある事件だってことになると困るの。あなただって、学園を辞めたくないでしょ？　広士君のところは赤ちゃんが生まれるらしいし」

「ええ……」

「広士君だって、真面目に働いてるわ。何とか今のままで……」

「お願いします」

「ね、それには、あなたが黙っててくれないと」

「――分りました」

「分ってくれりゃいいのよ」

恒子は洋子の手を軽く握って、「元気になって、また遊びに行きましょうね」

「あの……清士さんはどうなったでしょうか」

「心配いらないわ。お金の方はちゃんと話がついてるし。当分、戻っては来られないでしょうけど、安全よ」

「そうですか……。良かった……」

と、洋子は目を閉じた。

「早く良くなってね」

と、恒子は言った。「あなたがいないと、事務室がうまく動かないのよ」

「ありがとうございます」

洋子はやっと微笑んだ。「そう言って下さると嬉《うれ》しいですわ」

「あなたは私の右腕よ」

恒子は洋子の頬にそっと手を触れると、「じゃあ……。おやすみなさい」

と言った。

恒子が病室を出て行く。

少しして、天本幸代が洋子の病室へそっと入って来た。

洋子は静かに眠っている。

幸代はベッドのそばのテーブルの引き出しを開けると、中から小型のレコーダーを取り出し、それを手に病室を出た。

録音モードを止めて、再生ボタンを押す。

「――警察には、泥棒に入られたことにして……」

原口恒子の声が、しっかり入っている。

幸代は小さく肯《うなず》くと、レコーダーをバッグの中へ入れた……。


「有里はどうした」

と、坂田がポツリと言った。

「なあに、急にそんなこと言って」

と、文乃が呆《あき》れたように、「有里は高校生よ。忙しいの」

「まあ……そうだろうな」

坂田は深く呼吸すると、痛みに顔をしかめた。

「あなたが、何でも知ってることをしゃべるって言うのなら、きっとあの子も駆けつけて来るわ」

「知らない方がいいんだ」

と、坂田は言った。「有里を危い目にあわせたくない」

「勝手言って」

と、文乃は冷ややかに、「口をつぐんでる口実にしてるだけでしょ」

坂田は渋い顔になって、

「お前、ずいぶん底意地が悪くなったんだな」

と言った。「昔のお前は、もっと可愛げがあった」

「いい亭主とめぐり合ったおかげで、性格がひねくれたのよ」

と、文乃は言い返した。「私、帰るわね。何か欲しいもの、ある？」

「ああ……。甘いものが食べたいな。シュークリームとか……」

「女の子みたいなこと言って」

文乃は苦笑して、「都合がついたら、買って来るわ」

「うん……。な、文乃」

「何よ？」

「毎日来てくれるのはどうしてだ？　俺のことなんか、放っときゃいいじゃないか」

坂田の口調は、言葉とは裏腹に、「明日も来てくれるだろ？」と言っていた。

「放っときたいわよ、私だって」

と、文乃はきっぱりと言った。「でもね、母の手前、意地があるの。別れたからって、あんたは有里の父親だからね」

「そうか」

「それに、ここで何か事件が起ると、病院に迷惑がかかるでしょ。誰かいれば、少しは違うと思ったのよ」

坂田は個室に入っている。むろん、費用は安くないが、幸代が払ってくれているのだ。

「さあ、もう夕方になるわ。食事の用意があるから」

「分った。——有里のことで、何かあったら教えてくれ」

「何かあったら大変よ。何もないように祈ってて」

文乃は、「それじゃ」

と、声をかけて病室を出た。

坂田を刺したのが誰なのか、まだ分っていなかった。といっても、刺された当人が、捜査に協力しようとしないのだから、どうしようもない。

「よろしくお願いします」

文乃はナースステーションに声をかけてから、エレベーターへと向った。

「ご苦労さまでした」

と、看護師が言ってくれるのは、文乃がほとんど毎日のようにお菓子を持って来て、ナースステーションに置いて行くからでもある。

「ああ……」

文乃はエレベーターを待っていて、大欠伸《おおあくび》した。

同時にエレベーターが上って来て、扉が開いた。文乃は大欠伸しているところを、乗っていた白衣の医師にもろに見られてしまった。

その白衣の医師はチラッと文乃を見て、エレベーターを降りると、そのまま廊下を行ってしまった。

「見られちゃった……」

エレベーターに乗って、〈1〉を押すと、文乃は肩をすくめた。見られたって、どうってことはない。

何しろけが人の看護は容易なことではない。疲れて欠伸の一つも出るのは当然だろう。

「――あら」

今の白衣の医師、何だか顔に見憶《みおぼ》えがあった。担当の先生だったかしら？

でも、それならいくら何でも憶えている。

――文乃は首をかしげた。

「何が何でも、しゃべらせてやる！」

つい、口から出てしまった。

有里は病院の正面玄関を入って行った。途中の待合所は、まだ大勢の患者で一杯だった。

エレベーターへと向う。

エレベーターのボタンを押そうとすると、ちょうど扉が開いて――。

「あ、お母さん」

文乃が降りて来たのだ。

「有里。お見舞に？」

普通なら他に用はないだろうが、今の有里としては、

「お父さん、起きてる？」

「ええ。何か話があるの？」

「事務の三田さんが殺されかけた。もう放っとけないわ。お父さんに、知ってることをしゃべってもらう」

と、有里はきっぱり言った。「お父さん、何か話した？」

「いえ、相変らず」

「ギュウギュウしめ上げてでも、しゃべらせてやる！」

「怖いわね。あんた」

「当然よ。お母さんも来る？」

「今出て来たところだけど……。まあ、いいわ」

と、文乃はエレベーターへ逆戻りしようとした。

そこへ、ガードマンが通りかかって、

「あ、どうも先日は」

と、文乃へ言った。

「知ってる人？」

と、有里が訊くと、

「この間、お菓子をガードマンの方の詰めてる所へ持ってったのよ」

と、文乃は言って、「――え？　――え？」

と、声を上げた。

「お母さん！　大丈夫？　どうかしちゃったんじゃないの？」

と、有里が不安になって訊くと、

「さっきの人……。白衣はおってたけど、先生じゃない」

「さっきの人って？」

「エレベーターを待ってたとき、入れ代りにあのフロアで降りたの、その人」

「それがどうしたの？」

「あの顔、どこかで見たと思ったの！　今、ガードマン見て思い出した」

「お医者じゃないってこと？」

「そう！　あの人、〈Mモール〉のガードマンだわ！」

「ガードマン？〈Mモール〉の？　どうしてその人が白衣着て、お父さんのいるフロアに？」

「知らないわ、そんなこと」

「待って。——本当なのね。その〈Mモール〉のガードマンが……」

「ええ。向うもチラッとこっちを見てた」

と、文乃は言った。「でも、何なのかしら。あんな格好して……」

「大変だよ！」

有里は受付の窓口へと駆け出した。

「すみません！　三階のナースステーションに至急連絡したいんです！」

有里の勢いにびっくりした看護師が、手もとの電話を取って内線番号を押した。

「——あ、三階ですね？　今、何だか——」

有里は受話器をつかむと、

「天本です！　坂田望の娘です。今、白衣をはおった、医者じゃない男の人がそっちへ行ってます。病室に気を付けて下さい！　すぐ行きますから！」

と、早口に言って、「階段！」

エレベーターより速いだろう。

有里は、ポカンとしている文乃を残して、階段を駆け上った。

三階のナースステーションへ駆けて行くと、看護師が、

「今、見に行きましたよ。病室を捜してるような人がいて――」

有里は父の病室へと急いだ。ドアがパッと開いて、白衣の男が出て来た。

有里は、その男がハッとするのを見て、

「何したの！」

と叫んだ。

「どけ！」

男が有里をかわして走り出す。

有里は病室の中へ飛び込んだ。

「お父さん！」

看護師が床に座り込んでいる。

「大丈夫。――大丈夫よ」

と、手を振って、「今の人が、坂田さんに注射しようとして……」

注射器が床に転っている。

「でも間に合ったわ！」

と、看護師は、やっと立ち上って、「大丈夫。注射する前に私がここへ入って来たから」

「ありがとうございます！」

有里はベッドへ駆け寄って、「お父さん!」

「有里か……。どうしたんだ?」

坂田は何が起ったかよく分っていないようだった。

「どうしたじゃないよ!」

有里は腹が立って、「偽の医者が、お父さんに注射しようとしてたんだよ」

「偽の医者だって?」

「そうだよ!」

看護師がハンカチを手に、落ちていた注射器を床からつまみ上げると、

「中の液体をすぐ調べましょう」

と言った。「警察にも連絡しますね」

「お願いします」

有里は、まだポカンとしている坂田をにらんで、「お父さん! いい加減に覚悟を決めてよ!」

「だって俺は……ウトウトしてたんだ。そんな偽の医者がどうしたって言われても……」

「分ってないのね! お父さん、殺されるところだったんだよ!」

「殺される?」

「決ってるでしょ。医者に化けて、お父さんに何の注射するの? 栄養注射?」

「俺は……殺されるところだったのか」

坂田はやっと自分の立場が分ったようだった。

「今ごろ青くなって。ワンテンポずれてるよ」

と、有里が言った。「黙ってたって殺されるんだよ。殺されたくなかったら、ちゃんと何もかも村上さんに話して！」

「そう言ったって、お前……。俺にも色々事情ってもんが……」

「生きていればこその『事情』でしょ！」

坂田はため息をついて、

「お前は幸代さんに似たんだな。言うことが厳しい」

と言った。

すると――。

「何ですって？」

と、声がして、文乃が病室の入口に立っていた。

「お母さん。――ね、お父さん。お母さんのおかげで分ったんだよ。お母さんに感謝しないと。偽の医者って気付いたの、お母さんなんだから」

「そうなのか？　文乃――」

「今の話、聞いてたわよ」

と、文乃は大股《おおまた》にベッドへ歩み寄ると、「何が『事情がある』よ！　あんた、殺されたいの？」

「そんなわけないだろ」

「だったら！」

と、文乃がいきなり大声を出して、坂田のパジャマをわしづかみにして、ぐいと引張って起こさせた。

「おい、痛い！　そんな乱暴なこと——」

「何が乱暴よ！　痛いのは生きてる証拠でしょ！」

有里は、母がこんな凄《すご》い勢いで怒っているのを初めて見て、呆気《あつけ》に取られていた。

「よく聞いて！」

と、文乃は坂田の顔に顔を寄せて、「あんたは私の亭主だったのよ！」

「そんなこと分ってる……。おい、痛いってば」

「私はこの子を産んだの。お産のときは、そりゃあ苦しかったけど、でも幸せだった。この子を授けてくれたってだけで、あんたの出来の悪いところは辛抱しようって思ったわ」

「そりゃどうも」

「だからね！　言っとくわよ！　もうあんたのことなんか愛してない！　でも、この子の父親なんだから、あんたに殺されてほしくないの！」

「分った。分ったから、手を——」

「いいこと？　あんたが殺されたら私も死ぬからね」

「──何だと？」

「私に死んでほしくなかったら、絶対に殺されないでちょうだい！」

「文乃──」

「分ったの？　分ったらちゃんと返事しなさい！」

「分った。──分ったから、ともかく手を離してくれ」

文乃がパッと両手を離す。坂田はベッドに勢いよく倒れて、

「痛え！　──おい、もうちっとやさしくできないのか！」

と、文句を言った。

有里は、母が目に涙を浮かべているのを見て、ふと胸が熱くなった。離婚して、どうなろうと知らないという顔をしながら、母はまだ父を愛しているのだ、と思った。

ともかく、ちょっと二人にしておこう。

有里は病室を出ると、階段の所まで行って、ケータイで村上刑事へかけた。

「──ええ。そうなの。お父さん、やっとしゃべる気になったみたい」

「その偽医者は〈Mモール〉のガードマンだって？　名前は分る？」

「お母さんに訊いてみる。注射器に入ってたのが毒薬なら、殺人未遂だね」

「そうだ。危いところだったね。すぐそっちへ行くよ」

「待ってる」

有里は話してホッとした。──これで、少なくとも〈興津山学園〉を巡る怪しげな事

情の一端は明らかになるだろう。

病室の方へ戻って行くと、廊下に立っていた少女が振り向いた。

「――エリ」

永田エリが立っていたのだ。

エリは有里に向ってちょっと頭を下げた。

「エリ。――どうしたの？」

と、有里は言った。

エリはどこか思い詰めた表情をしていた。

「有里に会いたかったの」

と、エリは言った。

「分った！　ちょっと待ってね」

病室のドアを開けると、

「全く、女らしさってもんがない奴だ！」

「悪かったわね！　今度殺されかけても放っとくから！」

と、二人がやり合っている。

何だ……。ちっとも変らない。

有里は肩をすくめて、そのままドアを閉めた。

26　舞台裏にて

「よし、そこでライト、クレアに当ててくれ」

と、風宮が言った。

スポットライトが舞台の上の小倉クレアを捉《とら》える。しかし、少しずれてしまい、クレアの顔の辺りが暗くかげった。

「おい！　何してるんだ！　もっとしっかり当てろ！」

と、風宮の声が飛ぶ。

「すみません！」

クレアはちょっと足下を見て、

「ここでいいのよね？」

「感覚でつかめよ。床にそう印を付けられないからな」

と言った。

「ええ、分ってます」

風宮はチラッと腕時計に目をやって、

「よし、今日はここまで」

と、タオルで汗を拭《ぬぐ》った。

「早いのね、今日は」

クレアが舞台から下りて来て言った。

「これから行く所があるんだ」

と、風宮は言った。

スタッフ、キャストが手早く片付けていく。

「——どう、仕上りは？」

と、クレアが訊《き》いた。

役者と演出家という口調ではなくなっている。

「うん。まあまあだ」

と、風宮は楽屋に向いながら言った。「広いからな、舞台が。呑《の》まれるなよ」

「大丈夫。もともとそんなに経験してるわけじゃないもの」

と、クレアは言って、少し小声になり、「どこに行くの？」

「え？」

「彼女の見舞？」

「おい……」

風宮は足を止めてクレアを見た。クレアは笑って、

「そうびっくりしなくたって。みんな知ってるわよ」

「知らないことにしといてくれよ」

と、風宮は苦笑して、「今夜はスポンサーに招待されてるんだ。本当だよ」

「飲み過ぎないでね」

「ああ、分ってる。──今度君を連れて行くよ」

「ホステス役はいやよ」

「そんな席じゃない。ちゃんと芝居に敬意を払ってくれる人の席にだ」

「そのときは、声をかけて」

「ああ。じゃ、明日な」

風宮は、他のスタッフにも、「ご苦労さん！」

と、声をかけ、自分の楽屋へ入った。

ポケットからケータイを取り出して、電源を入れる。机の上に置くとすぐ鳴り出した。

「──もしもし？」

と出てみると、

「相談がある」

と、男の声が言った。

「あなたは？」

「あんたのことはよく知っている」

「何だって?」

「殺された奥さんのことだ」

「さくらがどうしたっていうんだ?」

「むきになるな。怪しまれるだけだ」

相手は淡々と話している。

「何だっていうんだ?」

「あんたの損になる話じゃない。今夜、十二時に〈ホテルR〉の1501号室に来てくれ」

「どういうことだ? あんたは誰だ?」

「ちゃんと憶《おぼ》えたか? 〈ホテルR〉の1501」

「おい、人のことを馬鹿にすると――」

「来なければ後悔するぞ」

初めて、相手の口調に凄《すご》みが加わった。

しかし、すぐに淡々とした口調に戻って、

「待ってるぞ」

と言うと、切れた。

風宮は眉《まゆ》をひそめて、

「何だ、一体!」

と、吐き捨てるように言った。「誰が行くもんか、畜生!」

帰り仕度をしながら、風宮は、

「妙な電話なんか、いちいち相手にしていられるか！　放っときゃいいんだ」

と、ひとり言を言っていた。

しかし、「〈ホテルR〉の1501号室に十二時」ということは、頭に入って、忘れることはできなかった……。


荒川は酔っていた。

しくじったことは分っている。しかし、何といっても自分はガードマンで、殺しのプロではないのだ。

行きつけのバーで何杯か飲んで、夜道へフラリと出た。

風が冷たく、じきに酔いもさめてしまいそうだった。

まだ電車がある。――駅の方へと歩き出すと、ポケットでケータイが鳴った。

「もしもし」

と言ったが、向うはしばらく黙っていた。

「――誰だ？」

と訊くと、

「やり損なったな」

と、男の声が言った。

荒川は足を止めて、

「ツイてなかったんだ。たまたま坂田の元の女房とバッタリ会っちまった」

「理由はどうでもいい」

「待ってくれよ。金はいい。諦《あきら》めるよ」

「分ってないようだな」

「何のことだ？」

「お前はもう顔を知られてるんだ」

「そりゃそうだが……」

「これきり連絡しない」

「そうか。だけど俺は――」

「後ろを見ろ」

切れた。――荒川は、振り返った。

目の前に銃口があった。

半ばまどろんでいた三田洋子は、人の気配を感じて、目を開いた。

いや、目を開けてから、それが誰かがそばにいるせいだと気付いたのだ。

薄暗い病室の中、ベッドのすぐそばに立って、洋子の方を見下ろしている誰かがいた。

「何か……ご用ですか」

と、洋子は弱々しい声で言った。

「洋子さん……」

その声に、洋子は突然はっきりと目覚めた。

「まあ……。清士さん？」

それは〈ポール〉だった。

「大丈夫？」

と、清士は訊いた。

「何とか……」

と、洋子は小さく肯《うなず》いて、「本当は私、死んだ方が良かったのよね」

「何言ってるんだ」

清士の柔らかな手が、洋子の手を包んだ。

「誰か、私を殺しに来たのかと思ったわ」

と、洋子は言って、「――もしかして、そうなの？　あなたが私を……」

「洋子さんを殺す？　冗談じゃない！」

清士は洋子の手を強く握りしめた。「僕にそんなことができると思ってるの？」

「そうね……。ごめんなさい」

洋子はかすかに笑みを浮かべて、「でも、私が生きていない方が、みんなのためなのよね」

と言った。

「洋子さん……」

「分っていたわ。あなたがお金に困ってるって話も、嘘だったのよね。私が、学園のお金に手をつけるように仕向けるための口実だった……」

清士は黙っていた。洋子は続けて、

「でも私は……騙《だま》されていることが嬉《うれ》しかった。たとえ、本当の理由は違ってても、あなたのために役に立てるのなら、それで良かったの」

清士は洋子から目をそらした。

「本当はもっともっと大きな額のお金を、引き出していたのよね。そして私一人が、その罪を負って死ぬ……。そうすれば、何もかも丸くおさまる……」

「もう話さないで。疲れるよ」

「話しておきたいの。私がこれからどうなるとしても、あなたに感謝の気持を伝えておきたい」

「僕にどうして……」

「だって、私は初めて恋をしたんだもの。あなたに抱かれて幸せだったんだもの。生きていて良かった、って本気で思ったわ」

「そんなこと言わないで」

と、清士はたまりかねたように、「僕みたいな卑劣な男に恋なんかしちゃいけないんだよ」

「いいえ、あなたはいい人よ」

と、洋子は言った。「だから、私に嘘をついている分、私を喜ばせようとしてくれたわ……。いい人でなかったら、そんなこと、できない」

「洋子さん……」

「このまま殺されても、私は幸せよ。あなたと付合って、恋をすることのすばらしさを知ったんですもの」

洋子が、何とか力を入れて、清士の手を握ると、「でも、あなたは私を殺したりしちゃだめよ。あなたに罪を犯してほしくない。――お願いよ」

清士はベッドのそばの椅子に腰をおろした。体の力が抜けた様子で、

「何て人だろう、あなたは……」

と言った。

「清士さん……。泣いてるの？」

「うん」

と、清士は肯いて、「とても嬉しいんだ。嬉しくて泣いてるんだよ……」

「もう……これで充分」

と、三田洋子は言った。「ね、清士さん、手伝って」

「え？」

清士は涙を拭うと、「手伝うって？　何か欲しいものがあれば取ってくるよ」

と言った。

「そうじゃないの」

と、洋子は小さく首を振って、「私、起きられるけど、高い所までは上れないと思うの」

「高い所？」

「屋上に上れるかしら。それがだめなら、非常階段とか……」

「そんな所に行って、どうするの？」

「身を投げるの。自分で死ねば、あなたの罪にはならない」

「だめだよ！」

清士は目を見開いて、「何も悪いことなんかしてないのに、どうして死ぬのさ？」

「してるわよ」

「でも、それは僕のせいだ。あの店に使った金だって、あの〈太田〉さんにそそのかされて──」

「そそのかされたって、私はもういい年齢《とし》よ。言いわけはできないわ。それより、放っておけば〈興津山学園〉の歴史を汚すスキャンダルになるわ。私一人が罪を負って死ねば、学園の傷は小さく抑えられるかもしれない……」

「洋子さんは、そんなに学園にお世話になってるの？　命まで投げ出すくらいに？」

と、清士は言った。

「さあ……。どうかしら」

と言って、思いがけず洋子は笑った。「そんなことないかもしれない。私、働いて、お給料もらって……。もしかしたら、あの事務長さんのために、お給料以上に働いてたかもしれない」

「だったら……」

「でも、私にとって学園はすべてなの。学園を取り上げられたら、私には何も残らない」

「洋子さん……」

「だから、学園のために死ぬのは、少しも怖くない」

と、洋子は言った。「それに、弟が今、あの事務室にいるわ。私が死ねば、原口さんも弟のことを大事にしてくれるかも……」

理屈にはなっていない。洋子もそれは分っていた。それでも、今の洋子には自分の進むべき道はたった一本しか見えていなかったのだ……。

「お願い、清士さん。私が身を投げるのを手伝って」

洋子は清士の手を、できる限りの力で握った。

「——分ったよ」

と、清士は肯いた。「あなたの気の済むようにしよう」

「ありがとう……」

洋子はホッと息を吐き出した。

27 逆転

〈ホテルR〉1501号室。

忘れてしまおうと思っても、そうはいかなかった。

風宮は、結局来てしまった。

ただ、夜十二時にと言われていたが、十五分遅れた。わざとそうしたのだ。

何となく、相手の言いなりになるのが、面白くなかったのである。

「何だって言うんだ……」

ドアの前に立って、それでも風宮はためらっていたが、ドアが中から開いた。

「入って下さい」

見たことのある女性だった。

「どうも……」

風宮はゆっくりと中へ入り、「ああ、学園の事務長さんですな」

「そうです。原口といいます」

と、原口恒子は無表情で言った。「どうぞ奥へ」

スイートルームで、入った所はクローゼットの前で狭くなっていた。奥へ入って行くと、立派なソファセットがあり、男が一人座っていた。

押出しのいい紳士だが、ただのビジネスマンには見えなかった。

「電話をくれたのは、あなたですか」

と、風宮が訊《き》くと、

「私ではありません」

と、男は言った。「こういう場は、できるだけ少ない人数の方が話しやすい」

確かに、電話の声とは違っていた。風宮はやはり人の声に敏感である。

「おかけ下さい」

と、男は言った。「私は永田というものです」

「永田……」

どこかで聞いたような名だと思った。

「少し遅れて……」

と、風宮は言った。「さくらのことで、何か？」

「それだけではありません」

と、永田は言った。「実は〈興津山学園〉は今、色々大変なことになっていましてね」

「噂は聞いています。先生が一人、文化祭のときに殺されたし……」

「ええ、困ったことです」

「ああ。――お嬢さんが確か演劇部に」

と、風宮は思い出して言った。

「そうです」

と、永田は肯《うなず》いた。「娘はとても楽しみにしている。演劇部に入ることを、夢見ていたようでね」

「そうですか」

「娘がそこまで考えていたとは知りませんでした」

と、永田は言った。「私にとって、娘は何より大切です。〈興津山学園〉が大きなスキャンダルに巻き込まれると、娘は傷つくでしょう。いや、学園そのものも、どうなるか分らない」

「分りませんね」

と、風宮は言った。「そのことと僕と、どういう関係が?」

「学園のスキャンダルが明るみに出るのは避けられません。しかし、直接係《かかわ》ったのが学園の人間でなければ、傷は小さい」

「つまり……」

「あなたは演劇部の顧問として、学園と係って来られた。しかし、あくまで外部の人間だ。そうでしょう?」

「まあ……そうですね」

風宮は当惑顔で、「だからどうだと？」

「〈興津山学園〉を巡るスキャンダルの中心にいたのは、あなただった」

永田の言葉に、風宮は目を丸くした。

「ちょっと……。冗談はやめて下さい！」

と、笑ってしまって、「そんな無茶な話が……」

「冗談ではありません。あなたはご自分の劇団のために金が必要だった。学園の裏金の話を聞きつけて、ひそかに引き出していた」

「馬鹿らしい！」

と、風宮は腹立たしげに、「どこにそんな証拠があるんですか？」

「証拠はいくらでも作ることができますよ。あなたが認めさえすれば」

「認めるもんですか！」

と、風宮は立ち上った。

「まあ、落ちついて下さい」

と、永田は言った。「あなたにとっても損な話ではないかもしれませんよ」

「何ですって？」

風宮はまた座ると、「はっきり言って下さい」

「お金の件は、学園が訴えないことにすれば、大して問題になりません」

「他に何かあるんですか」

「もちろん、奥さんのことです」

「さくらがどうしたんです?」

「奥さんを殺したのがあなただということを、隠し通せればいいのでは?」

風宮は啞然《あぜん》として、永田を見ていた。

「──何ですって?」

と訊き返す。

「聞こえませんでしたか?」

「僕がさくらを殺した?」

風宮は引きつったように笑って、「とんでもない話だ!」

と言った。


「屋上には出られそうもないわ」

と、洋子は言った。「そうでしょうね。簡単に出られたら危いもの」

「洋子さん……」

と、清士は言った。「非常階段へ出られるか、見て来ますよ」

「そう?」

「ここに座ってて。──ね?」

「ええ……」

洋子を廊下の長椅子に座らせると、清士は小走りに行ってしまった。

洋子は息をついて、ゆっくりと周囲を見渡した。

「静かね……」

心は落ちついていた。そして、座っている内、洋子はふっと眠ってしまっていた……。

「――三田さん」

ふと、肩に置かれた手を感じて、洋子は目を開けた。

「ああ……。天本さん……」

天本幸代の顔を見て、一瞬、洋子は学園事務室の人間に戻った。「その節は……。講演していただいてありがとうございました」

「いいえ」

と、幸代は微笑んだ。「お役に立てれば満足ですよ、私は」

「そんなこと……」

洋子は、我に返ったように周囲を見回し、

「ここ……病院ですね」

「ええ。あなたは入院してるの。寝ていなくちゃ」

「私……どうしてここに……」

と呟《つぶや》くように言って、「そうだわ。私、死のうとしてたのに……」

体を起して、

「あの人は？——いませんでした？　その辺に」

「清士って若い人のことね」

と、幸代は言った。「あなたの恋人ね」

「おかしいでしょ、私なんかが男の子に夢中になるなんて」

と、洋子は自分でもちょっと笑った。「でも、本当なんです。そんなことって、起るんですね……」

「もちろんですよ。私なんか、七十過ぎても、年中男にときめいてるわ」

「天本さん……」

「あなたは恋をした。そのせいで、間違ったこともした。でも、それはあなたを利用した人たちがいたからなの」

「私は……」

「私をここへ呼んだのはね、清士って人なのよ」

「清士さんが？」

「恥ずかしくて、あなたに会えない、と言っていたわ。清士さんは、あなたを騙《だま》してることに耐えられなくなったの」

「でも、それは——」

「清士さんは、自分がどうなっても、あなたを助けたいって。警察へ行って、事情を話すと言っていたわ」

「そんなことしたら、あの人、殺されてしまうかも……」

「その危険も覚悟の上でしょう。あなたの純粋さが、清士さんを立ち直らせたのよ」

「天本さん……」

「あなたが全部の罪を負って死んだら、喜ぶ人たちがいる。でも、その人たちは〈興津山学園〉を本当に愛しているわけじゃないのよ」

「学園のために、私……」

「今、学園はすべての膿《うみ》を出して、やり直す時に来てるの。大丈夫。学校は、先生と生徒がいて、互いに信じ合っていれば、何があっても立ち直れる」

洋子は、幸代の言葉を聞いている内に、自然と涙が出て来た。悲しくないのに、涙は止らなかった。

「どうしたんでしょ、私……」

と、洋子は涙を拭《ぬぐ》って、「何だか……嬉《うれ》しいんです」

「清士さんも泣いてたわ。電話で話しながら」

「あの人が……」

「あなたを守って下さいって頼まれた。私、あなたを何としても死なせるわけにいかないの」

「天本さん……」

「さあ、風邪をひくわ。病室に戻りましょう」

幸代に促されると、洋子はごく自然に立ち上っていた。

「──あら」

夜勤の看護師が通りかかって、「どうしました？」

「大丈夫です。ちょっと散歩してただけで」

と、幸代は言った。

「どういうことなの？」

小倉クレアの声は鋭く尖《とが》って、突き刺さりそうだった。

「そう金切り声を出すなよ」

と、風宮は顔をしかめて、「頭が痛くなるだろ」

「だって……」

朝早く起されて、クレアは機嫌が悪かった。

公民館の向いにある喫茶店に、風宮から呼ばれてやって来た。──朝の〈モーニングセット〉を会社員が出勤前に食べていくので、こんな時間に開いている。

店内はほぼ埋っていた。それでも、クレアの声に何ごとかと振り向く客はほとんどいない。みんなニュースを見たりしているばかりで、他人のことなど知っちゃいない、という様子だ。

「上演中止って、どういうことよ」

少し穏やかな口調に戻って、クレアは改めて訊いた。「せっかく、あれだけ稽古《けいこ》して来たっていうのに……」

「分ってるとも」

と、風宮は肯いて、「中止とは言わなかったろ。延期だ」

「同じようなもんじゃない。スケジュールが合わなくなるかもしれない」

「一応、延期ってことにしないとまずいんだ。実際には予定通りやれるかもしれない」

と、風宮は言った。「ただ、君には知っておいて欲しくてね」

「何があったの？」

二人はコーヒーを飲んでいた。風宮も目覚ましにコーヒーが必要だった。

「この後、向いの公民館の会議室で記者会見がある。〈興津山学園〉を巡るスキャンダルについて」

「そこって……あなたが行ってる学校でしょ」

「そうだ。そこの金を使い込んだ奴がいるのさ」

「誰が？」

「僕さ」

風宮の言葉に、クレアは啞然とした。

「一生徒の父親に過ぎない私が、こうして〈興津山学園〉の学園側の人間として、お話しすることになりましたのは――」

と、永田が言った。「私が〈S産業〉の社長として、こういう席に多少とも慣れていると学園が考えたからに他なりません」

会見の席は、正面に永田と風宮、そして事務長の原口恒子が並び、記者席はもともとそう広くないが、ほぼ埋っていた。

話題として地味だからだろう、テレビ局などは入っていなくて、記者も日刊紙よりも週刊誌の方が多いようだった。確かに、週刊誌の記事に向いているかもしれない。

記者の方は、初めの内、永田の説明を聞いてメモしているだけだったが、原口恒子から、「長きにわたり蓄えられて来た、入学時の裏金」について話があると、身をのり出して聞き入った。

そして、その具体的な金額が数億円に上ると聞くと、会場内が一瞬どよめいた。

「今回、この裏金の存在が明るみに出たのは、こちらにおいでの、劇団〈空洞〉代表風宮悠二さんのおかげでした」

と、永田は言った。「その辺の事情を、風宮さんご自身からお話しいただきましょう」

風宮は用意された水を一口飲むと、

「風宮悠二です」

と、さすがによく通る声で言った。

風宮は、学園との係りについて、演劇部の顧問的な役割をつとめたこと、時間があれば部員の生徒たちを今も直接指導していることを説明した。

「ご承知の通り、劇団というものはどこも経済的には赤字が当り前で、公演をうつために大変な苦労をしているのが実情です」

と、風宮は続けた。「わが〈空洞〉も例外ではありません。劇団の名前を〈空席〉に変えた方がいいかと思ったこともあります」

と笑わせた。

「学園の理事で父母会役員の方々と、会食したり飲んだりする機会があり、酔えばついお金のグチになります。そんな席で、ざっくばらんな話をしているとき、学園の方から『少しは出してあげられるかもしれない』というお言葉があったのです。言った方はすぐ忘れたかもしれませんが、こちらは憶《おぼ》えています。——後日、連絡して、公演費用の件は本当かと訊きました。初めはとぼけておられましたが、話す内、どれくらいあればいいのかと訊かれました。私は、百万でも二百万でもと言いました。そこで、『実は学園には表向き〈ないことになっている〉お金がある』という話を聞いたんです」

風宮はちょっと眉《まゆ》を上げて、「こちらとしては、表でも裏でもいい。お金に変りはないんですからね。その点、軽率だったと後悔しています」

永田が話を引き取るように、

「風宮さんの一件から、裏金の存在が父母の間にも噂されるようになりました。このままでは、いずれマスコミに知れて報道される。そうなれば、隠していたこと自体が問題になると判断して、学園としてはそうなる前にこの会見で公表することにしたわけです」

永田の口調は淀《よど》みなく、説得力があった。

「具体的な金額については、今調査中です」

と、原口恒子が事務的な口調で言った。「詳細が分り次第、資料として公表します」

永田は一息ついて水を飲むと、

「何かこれまでの話について、ご質問があれば……」

と、会場内を見回した。

少しの間、誰も手を上げようとしなかった。永田がかすかに笑みを浮かべて、

「では――」

と言いかけたとき、一人の女性記者の手が上った。「どうぞ」

若い女性が立ち上って、

「裏金についての説明はありましたが、〈興津山学園〉はそれ以外に問題がありましたね。英語教師の三隅研一さんが文化祭の最中に校内で殺され、犯人は分っていません。それに風宮さんですが、公演中の舞台で奥様のさくらさんが殺されました。それに、他にも元劇団にいた役者さんが殺されていますね。こんなに殺人事件が関係者の間で連続するのは普通ではないでしょう。裏金の問題が、何か係っているのではありませんか？」

会場がざわついた。誰も予想していない発言だったのだ。

永田も表情がこわばって、

「殺人事件については、警察当局の捜査結果を待つしかありません」

と言った。「今日の会見内容とは別の問題ですから――」

「別だとどうしておっしゃれるんですか？」

と、女性記者がたたみかける。

「その話は別の機会に――」

と、原口恒子が言いかける。

その時、会場の入口のドアが開いて、男たちが入って来た。

「どなたです？」

と、永田が言った。「いきなり入って来られて――」

「警察です」

と言ったのは村上刑事だった。「永田慎司さん、横領の容疑でお話を伺いたい」

「何ですって？　私は――」

「それに風宮さん。奥さんを殺害した疑いで同行願います」

「馬鹿な！」

風宮は顔を紅潮させて立ち上った。

それまで静かだった会場内は一気に騒然となった。

村上たちが、永田の腕を取る。永田は、

「行きますよ！　触らんでくれ！」

と、不機嫌そうに言って、手を振り払う。

「では」

と、村上が促して、永田は机の端を回って会場の中を突っ切って行く。

風宮は、

「けしからん！　何の証拠があって……」

と、文句を言っていたが、渋々刑事たちに囲まれて歩き出した。

「風宮さん！　本当に奥さんを殺したんですか？」

「何かおっしゃりたいことは！」

記者たちが声をかけたが、風宮は仏頂面のまま、会場を出て行った。

突然の出来事に、記者たちもあわてて飛び出して行く。

会場の中はたちまちガランとしてしまった。

「――まあ、どうしましょう」

残った原口恒子が、やっと我に返ったように、急いで会場から出て行った。

入れ替わりに会場に入って来たのは、天本幸代だった。

そして、一人だけ残っていた記者――ただ一人質問をした若い女性記者の方へと歩いて行った。

女性記者はメガネを外して、

「どうだった、私？　記者に見えたかな」

有里なのである。

「上出来よ」

と、幸代は言った。「セリフも、しっかり入ってたわね」

「演劇部だよ」

と、有里は得意げに言った。

二人は会場を出た。

「これからどうなるの？」

と、有里は言った。

「罪は償わなければね。――さあ、行きましょう」

幸代が促す。

二人は足早に会場を後にした……。


「どうでしたか？」

と、永田が言った。

「充分ニュースになっていますよ」

と、村上刑事が言った。「明日の朝刊には載るでしょう」

警察の会議室である。

「無理を聞いていただいて」

と、永田は言った。「エリのためにも、学園の隠された部分を明るみに出さなくては」

「報道が広まると、組織もあわてるでしょう。永田さんの身が安全になるまで、こちらも目を離しません」

「いや、こっちもびっくりした」

と、風宮が言った。「あんなタイミングで入って来られると思わなかったのでね」

問題は、組織をいかにして潰《つぶ》すか、だった。

「娘のため」

と、永田が組織に背く決心をした。

それは村上にとって何よりありがたいことだったが、同時に、永田が報復される危険がある。

「必ず永田さんを守って下さいね」

と、有里にきつく念を押されていた。

そこで考えたのが記者会見を開いて、その場で連行するという展開。永田が自ら警察に協力したと思わせないための工夫だった。

同時に、問題になっているのが、あくまで学園を巡る出来事だけだと思わせることもできる。

「エリのことも、どうかよろしく」

と、永田が頭を下げる。

「任せて下さい」

と、村上は言った。「有里君に恨まれたくないですからね」

そのころ、有里がクシャミしていたかどうか……。

「風宮さんにはご協力いただいてどうも」

と、村上が言った。「おかげで真に迫った場面になりました」

「いや、一応芝居のプロですからね」

と、風宮は笑って、「では私はこれで……」

「どうぞお引き取り下さい」

「――次の舞台のいい宣伝になりましたよ」

と、風宮は立ち上って、「では」

と、一礼した。


「どこなの？」

つい、何でも口に出してしまうくせがついている。

原口恒子は、公園の噴水の辺りにやって来て、キョロキョロと周囲を見回した。

「いないじゃないの……」

と、口を尖らしていると、ケータイが鳴った。

急いで出ると、

「原口です」

と言った。「会見のこと――」

「あれは罠《わな》だ」

と、相手は言った。「永田が裏切ったのだろう」

「そんなことが……」

「警察はお前にも目をつけている」

「まさか。――もちろん、裏金のことでは、絞られるでしょうけど」

「三田洋子も、死ぬ気はなくなったようだ」

「そうですか……。でも、〈ポール〉が何とかして――」

「その〈ポール〉が三田洋子に同情してしまっている。〈ミシェル〉ほど割り切れていなかったのだな」

「まあ……。〈ポール〉が、ですか」

恒子は啞然とした。

「お前の見る眼がなかったのだ。責任は取ってもらうぞ」

「待って下さいよ！　そんなのってありませんよ。私は言われた通りのことを忠実に……」

「誰も三隅研一を殺せとは言っとらんぞ」

「あれは……仕方なかったんですよ。大体、生徒に手を出して……」

「勝手な行動は許さないといつも言っているだろう。自分の身の始末は自分でつけろ」

と、切ってしまう。

「もしもし！　――何よ！」

恒子は舌打ちして、ケータイをバッグへしまうと、「どうしてこんな所に？」

公園の中は緑が多く、遊歩道が曲りくねって続いている。

平日の昼間だ。しかも曇り空で風が冷たく、人の姿はほとんどない。

「風邪ひいちゃうじゃないの……」

と、文句を言って、「学園に戻らないと」

戻っていいものかどうか。三隅を殺した件で、刑事が待っていたら？

でも、それならさっき会見の場から連行しただろう。

自分の立場が危うくなっても、恒子は学園に戻る以外の途《みち》が思い付かないのだ。そう気付いたとき、恒子は立ちすくんだ。

そうだ。どうなっても、学園にいれば私は安心していられる。

公園を出ようとした恒子は、コートを着た男が、じっと立ってこっちを見ているのに気付いた。

恒子の行く手を阻むように立っている。

恒子は気味が悪くなって、反対側へと足早に歩き出した。

別の出口へと出られるはずだ。

木立の間の道を急ぐ。チラッと振り返ると、あのコートの男がついて来ていた。

さらに足取りを速める。——もう少しで、人通りの多い通りへ出られる!

だが、突然見えない壁に突き当ったように足を止めた。

目の前に、同じようなコートを着た男が現われたのだ。

冷ややかな目で恒子を見ている。

「何よ、あんた……。人を呼ぶわよ」

と言っても、男は聞いていないようだった。

恒子は脇道へと小走りに駆け込んだ。ここから出られるかどうか分らなかったが、前後を挟まれていては仕方ない。

だが——。

行く手の木立のかげから、またコートの男が一人、スッと姿を見せた。

「やめて……。やめてよ!」

冷汗が出た。

こんな所で……殺されたくない!

私は——私は裏切っていないのに!

三人の男が近付いて来た。

「いやよ!」

恒子は叫ぶと、道を外れて、木立の間へ駆け込んだ。もう夢中だった。

足音が追ってくる。恒子は木の根っこにつまずいてよろけた。靴が片方脱げてしまったが、そのまま逃げる。

柵《さく》を飛び越え、喘《あえ》ぎながら必死で逃げた。

遊歩道へと飛び出すと、目の前の自転車に横からぶつかってしまった。

思い切り転んで、膝《ひざ》や足首に痛みが走った。起き上ろうとして、思わず痛さに声を上げた。

すると、

「おい！　何してるんだ！」

と、自転車から投げ出されたのは――警官だった！

「いきなりぶつかって来やがって」

と、飛んでしまった帽子を拾って、怒っている。

「助けて！」

と、恒子は叫んで、その警官の足をつかんだ。「殺される！　お願い、助けて！」

「何だ、一体？」

と、警官が目を丸くしている。

「追われてるの！　お願い、私を連行して！　私、人を殺した」

「何だって？」

「自白するわ！　だから、お願いよ、警察へ連れてって！」

恒子はしがみつくようにして言った。

「どうかしてるんじゃないのか？　俺は用事があるんだ」

「だめよ！　見捨てないで！」

恒子は警官にしがみついて離れなかった。

「分った。分ったから落ちつけ。ともかく立って。――血が出てるぞ、膝から」

「こんなの大したことないわ。早く連行して！」

「ああ。それじゃ……。歩けるか？　ああ、自転車はどうかなっちまった……」

足を引きずりながら、恒子は警官につかまって公園から出て行った。

木々の間から様子を見ていた二人――幸代と有里は、出て来ると、

「何でもしゃべりそうだね」

「怯《おび》え切ってるわ」

と、幸代は言った。「ご苦労さま」

やって来たコートの男たち三人へ、声をかけ、

「ちゃんと料金はプラスアルファするように事務所に伝えてあるから」

「どうも。――我々は何に見えたんでしょうね？」

「クールな殺し屋よ。無表情なのが良かったわ」

と、幸代は言った。「うまくやってくれてありがとう」

「セリフもなしで、いい仕事でした。またこんな役ならいつでも」

「もうないと思うわ」

と、幸代は言った。「有里、村上さんに連絡して」

「うん」

有里はケータイを取り出した。


今度こそ。

今度こそ、メジャーな存在になってやる！

その第一歩だ。

風宮はガランとした客席の間を歩いて行って、舞台に上った。

これまでのような、チケットを売るのに苦労する自主公演ではない。ちゃんと「元が取れる」公演なのだ。

もちろん風宮の名は、演劇の世界では一応知られている。しかし、一般の、劇場へ足を運ぶことのない人々にとっては、「誰、それ？」だろう。

「芝居さえやっていればいい」

と、広言しているものの、風宮の内心には、有名になりたい、という思いが熱くたぎっていた。

そのチャンスがやって来たのだ……。

そのとき、袖《そで》の方で何か物音が聞こえた。

誰もいないはずだが……。

風宮は、袖に入って行った。

気のせいか……。

肩をすくめて、そのまま楽屋の方へ行こうとすると、今度ははっきり、床のきしむ音がしたのだ。

風宮は、袖の隅のほうに色々置かれた辺りへやって来ると、衝立《ついたて》の向うを覗《のぞ》いた。

白い脚が見えた。男の上になって、夢中で腰を動かしているのは……。

「クレア……」

と呟く。

「──いたの」

クレアが初めて気付いた様子で、「邪魔しないでよ」

と、不機嫌そうに風宮を見上げた。

「何してる」

「見れば分るでしょ」

と、クレアは笑った。

「誰なんだ？」

下になっていた男が体を起した。──今度の公演のオーディションで取った若い役者だ。

「あ……すみません」

と、さすがにあわてている。

急いでズボンを引っ張り上げると、逃げるように行ってしまった。

「クレア……」

「気のきかない人」

と、クレアは立ち上ると、「で、どうなったの？　公演中止？」

「そんなことどうでもいい」

風宮の声は上ずっていた。「どういうつもりだ……」

「何よ。私、別にあなたの女房じゃないわ。誰と寝たって、浮気にならないと思うけど」

と、クレアはアッサリと言った。

肩をすくめて行ってしまおうとするクレアの腕を、風宮がつかんだ。

「何するのよ。そんなに強くつかんだら痛いじゃないの」

「お前は俺のものだ」

と、風宮は一語一語に力をこめて言った。

「やめてよ。世間じゃあなたのことなんか誰も知らない。でも私は知られてるわ。私はスターなのよ」

「それが俺への口のきき方か」

「いけない？　今度の公演だって、私が出るから成り立つのよ。分ってるでしょ」

それは風宮の最も敏感なところを刺した。

「貴様……」

風宮は顔を紅潮させて、「お前は俺が育ててやったんだ」

「だから何よ！　離して！　何するの！」

「俺は――お前のために――」

風宮はいきなり両手をクレアの首にかけると、床へ押し倒した。そして馬乗りになって両手の指に力を入れた。

クレアが必死で風宮を押し戻そうとしたが、とても力ではかなわなかった。

「分ってるのか！　俺はお前のために、さくらの奴を殺したんだぞ！　お前だけのために！　それなのにお前は……」

風宮は呻《うめ》くように言って、更に指先に力をこめた。クレアは抵抗する力を失って行った……。

「お前みたいな女は、こうするのが一番いいんだ！　クレア、お前は……」

ガシャン、と何かが砕ける音がした。

一瞬、間をおいて、風宮の指の力が抜け、そしてクレアの上にドサッと覆いかぶさるように伏せた。

クレアが身をよじって、激しく咳込《せきこ》む。

風宮の体を、力を込めて横へ倒したのは、文乃だった。

「──大丈夫？」

と、文乃は息を弾ませて言った。

クレアは首を押えて、何度も大きく呼吸すると、

「ありがとう……」

と言った。

その声はかすれていた。

「起きられる？　──私につかまって。そうそう……」

「天本さん……。助かりました……」

と、クレアは言った。「この人が……さくらさんを？」

「ねえ、びっくりしたわ」

文乃は、自分のしたことにびっくりしている様子だった。

「──お母さん！」

有里が舞台の方から駆けて来た。

「有里。──遅いじゃないの」

と、文乃は言った。

「これって……」

「風宮、死んじゃったかしら？」

と、文乃が言った。

有里は風宮の手首を取って、

「生きてるよ」

「そう……。でも、私、小道具の花びん、粉々にしちゃったわ」

と、文乃は床にバラバラに散っている破片を見て、「これ、高かったのかしら?」

と、心配そうに言った……。

28 再起

「やあ、いい香りだ!」

と、思わず声を上げたのは村上刑事である。

「新しい豆が届いたところなんですよ」

コーヒーを淹《い》れて運んで来た文乃が言った。「ともかく、母がこだわるものですから」

「人生は一度きりよ。こだわらなくてどうするの」

と、幸代が言って、コーヒーをブラックのまま一口飲むと、「文乃、あなたもやっとコーヒーの淹れ方を憶《おぼ》えたわね」

「何年やってもこの調子ですからね」

と、文乃は言った。

「色々大変でしたね」

と、幸代が言った。

「しかし、大きな組織のかなりの部分を叩《たた》き潰《つぶ》してやれたと思います」

と、村上は言った。「完全に、とは言えないのが残念ですが」

「人間、なんでも百パーセント完全などということはあり得ないものですよ」

と、幸代は穏やかに、「私だって、自分の描いた絵に完全に満足したことなどありません」

「天本さんのような方にそう言われると……」

「でも――」

と、有里も加わって、「風宮さんはどうしてさくらさんを殺したりしたんだろ？　さくらさん、あんなにおとなしい人だったのに」

――天本家のアトリエに、柔らかい日差しが注がれていた。

「人は見かけ通りじゃないのよ」

と、幸代が言った。

「そうですね」

村上が肯《うなず》いて、「さくらさんも、風宮がよその女優と浮名を流しても我慢していたようですが、小倉クレアに関しては、絶対に許さなかったようです」

「でも、あんな所で殺すなんて……」

と、有里が言うと、

「あんな所だったからこそよ」

と、幸代が言った。

「どういうこと？」

「考えてごらんなさい。あのとき、本当は文乃があの役をやるはずだったのよ」

「あ、そうか。——さくらさんが代りに出演したのは、たまたまだったんだね。それじゃ風宮さんは……」

「突然思い付いたんでしょうね。舞台のことを一番よく分ってるのは自分だ。そして、演出家である以上、舞台から離れていたことにすればまず疑われることはない……」

「小道具の細工用に置いてあったナイフをつかんで、とっさに刺しに行ったようです」

と、村上が言った。

「あのとき、さくらさん、私に『文乃さん』って言ったんだよ」

と、有里が言った。

「そう。自分が文乃と間違って刺されたのかと思ったんでしょうね」

と、幸代は言った。

「でも、クレアさんにとっては、風宮はただのスターになるための足がかりだったのね」

と、文乃がため息をついて、「あの風宮が……」

「人は誰しも変るのよ」

と、幸代が言った。

「金山って人が殺されたのは？」

と、有里が言った。

「舞台裏に忍び込んでいて、風宮が不審な動きをするのを見ていたんだ」

と、村上が答えた。「後で事件を知って、風宮をゆすろうとした。風宮は人を介して金山を殺させることにしたが、たまたま実行したのがアケミだったんだ」

「世間って狭いわね……」

と、文乃が言った。

「原口恒子が色々話してくれました」

と、村上が言った。「組織の幹部とつながって、〈興津山学園〉の裏金に目をつけたんですね。今はああいう社会も資金難で、裏金から数億円が流れていたようです」

「それに三田洋子さんを引っ張り込んで……」

「ええ。しかし、洋子さんを誘惑して、最後は自殺するように追いつめて、罪をかぶせるはずが、ホストの〈ポール〉が、洋子さんのあまりの純粋さに心を打たれてしまったんです。もう一人の〈ミシェル〉の方も共犯で捕まりました」

「永田さんが、あのクラブの事実上のオーナーだったんですね」

と、幸代が言った。「学園の裏金について、もっと詳しいことを知ろうとして、あそこに娘さんを入学させて……」

「エリは何も知らないと思ってたんだよ、永田さん。でもエリはちゃんと父親のしていることを察してた」

「親はいつまでも子のことを子供だと思いたがるものよ」

と、幸代は言った。

「エリさんの訴えに、永田も後悔して、たとえ自分が殺されても捕まってもいい、と組織を裏切る決心をしたんです」

と、村上は首を振って、「親心というのは大したものですね」

「エリはちゃんと演劇部で頑張ってるよ」

と、有里は言った。「もうすぐクリスマスの舞台があるし」

「そう。そういう事がけじめになって、新しい気持でやっていけるようになるでしょう」

と、幸代が肯いて言った。

そのとき、玄関のチャイムが鳴った。

「誰かしら」

「私、行ってくる」

と、有里がパッと立ち上った。

そして——少ししてアトリエに入って来たのは、三田広士だった。

「どうも……突然お邪魔して……」

と、広士は入口で足を止めて言った。

わずかの間で、十歳も年齢《とし》を取ったように思えた。

「おかけなさい」

と、幸代は言った。「文乃、まだコーヒーあるでしょ」

「あ、僕は……」

「飲物ぐらいはいただくものよ。その時間が必要でしょ？」

「はい……」

文乃が出したコーヒーを、広士はゆっくりと飲んで、

「姉のことでは、本当にありがとうございました」

と、口を開いた。「ずいぶん元気になっています」

「良かったわね」

「それで……」

と、ちょっと息をついて、「アケミのことなんですが……」

アケミは姿を消していた。あの〈Mモール〉のガードマン、荒川を殺すよう指示されて、銃口を向けたが、アケミは引金を引かなかったのだ。

そしてそのまま姿を消した。

「殺しの指示を出していた男は逮捕しました」

と、村上が言った。「荒川も、その男から坂田さんを殺すように命令されていたので

すからね」

「アケミさんのことは何か……」

と、文乃が言うと、

「それで伺ったんです」

と、広士は言った。「今日、アケミからメールが届いて」

広士はプリントしたものをポケットから出して広げると、テーブルに置いた。

〈広士さん
こんなことになって、許して下さい。私はあなたとの結婚を隠れみのにするつもりだった。でも、一緒に暮しているのが、やがて心地良くなったの。洋子さんの心づかいも、私が生まれて初めて知るものでした。

広士さんももう知ってるわね、私が何を仕事にして生きて来たか。やってしまったことは、もう取り返せない。

でも、私は、このお腹の子、広士さんとの幸せだった日々の証《あかし》であるこの子を、何としても産んで育てたい。

罪は償わなくてはならない。それは分っています。でも、この子を自分の手で育てるには、姿を隠すしかありません。

もちろん、逃げ切れるかどうか分らない。でも、もし私が見付からなかったら、私はどこかの小さな町で、子供と二人で生きていると思って下さい。

子供が成長して、私の手を離れたら、そのとき、私は自首して出るつもり。

でも、できることなら、あなたと二人でこの子を育てたかった。ごめんなさい。

そして、ありがとう。すべてのことに。

あなたのアケミ〉

一人一人が回し読みをして、しばらく沈黙が続いた。

回し終ると、広士はその紙をたたんで、

「俺は待っています」

と言った。「アケミが戻ってくるのを。何十年先になるか分らないけど……」

「そう」

と、幸代は肯いた。「あなたのいいようにするといいわ」

「ええ。──あなた方に読んでいただきたくて」

広士は微笑んだ。「コーヒーをどうも」

広士が帰って行くと、

「別人のように大人になったわね」

と、文乃が言った。

「アケミさんが姿を消して、二人は本当の夫婦になったのね」

と、幸代は言った。「そういえば、文乃、坂田の事はどうするの？」

「どうする、って？」

「面倒みてたじゃないの。よりを戻すのかと思って」

「冗談じゃない！」

と、文乃は即座に言った。「あんな奴、退院したら顔も見たくない」

何だ。——有里は「大人って分んないな」と思った。

村上刑事も帰って行き、三人は居間に落ちつくと、

「私、午後から歌の練習がある」

と、有里は言った。

「さあ！　私は壁画を完成させないと」

と、幸代は伸びをして、「私の最後の大作になるかもしれないからね」

文乃がそれを聞いて、

「まだ当分『最後』は来ないわね」

と呟《つぶや》いた。

「何か言った？」

「いいえ」

文乃は首を振って、「今夜、家でご飯食べるのか、って訊《き》いたの」

解説

香山二三郎《かやまふみろう》

赤川次郎《あかがわじろう》の作家デビューは一九七六年。短篇「幽霊列車」でオール讀物推理小説新人賞を受賞したのがスタートだった。デビュー時はサラリーマン兼業だったが、作家専業となったその二年後には、長篇『三毛猫ホームズの推理』や『セーラー服と機関銃』のヒットで早くもベストセラー作家に。

その後の活躍ぶりは多くの人の知るところで、デビュー四〇周年に当たる二〇一六年には長篇『東京零年』で第五〇回吉川英治文学賞も受賞、著作数は今や六〇〇冊を超えているが、創作意欲が衰えるどころか古希を過ぎても健筆は勢いを失っていない。

本書『三世代探偵団 次の扉に棲む死神』はそんな著者が二〇一七年、映画のスクリプター（記録係）の女性が撮影現場で殺人事件に巻き込まれる『キネマの天使 レンズの奥の殺人者』とともに新たに発進させたシリーズの第一作である。

『キネマの天使』が映画界を背景にした話なら、本書は演劇のエピソード（といっても、名だたる商業演劇ではなく、いわゆる小劇場系だが）から始まる。

高校一年生の十六歳、天本有里《あまもとゆり》は母・文乃《ふみの》の高校の同期生・風宮悠二《かざみやゆうじ》が主宰する劇団

〈空洞〉の新作〈夕暮姉妹〉に母とともに出演していたが、文乃はドレスの裾《すそ》を踏んづけて階段から転げ落ち、風宮の妻さくらが代役を務めることに。しかし今度は、階段上に現れたさくらがそのままうつ伏せに倒れてしまう。背中には真っ赤な血が。

のっけから血なまぐさい展開だが、世の赤川ファンなら、本作のタイトルから即、著者の代表作のひとつ『三姉妹探偵団』を思い浮かべるに違いない。『三姉妹探偵団』も父親が留守の佐々本《ささもと》三姉妹の家が火事で全焼、焼け跡から女性の死体が見つかるという派手な幕開けだったが、本書も負けてはいない。ちなみに天本家は、海外にもその名を知られる画家の幸代《さちよ》（七二歳）を筆頭に、文乃（バツイチの四〇歳）、有里と女三代が海辺の小さな町、海鳴《うみなり》町で暮らしている。祖母の幸代は一家を支える文字通りの大黒柱だが、文乃は根っから天然の童顔で、有里は祖母似のしっかり者美人。

本作は有里を中心に、思いもよらない犯罪に巻き込まれた女三代の活躍と絆《きずな》を描いた長篇ミステリーなのだ。

さて、殺人現場となった劇場には幸代も観劇に来ており、物語はそのまま殺人事件の推理へと移っていく――と思ったらちょっと違う。なるほど有里は目の前で倒れたさくらが「文乃さん……」というのを聞いたし、彼女は刑事の村上良治《むらかみりょうじ》の現場検証に付き合ったりもするが、だからといって即謎解きに挑むわけではない。劇団〈空洞〉の芝居にはほかにも多くの人が見に来ており、物語はそうした周辺人物たち――たとえば、有里の通う興津山《おきつやま》学園の同級生・城所《きどころ》真奈《まな》や事務室の職員・三田《みた》洋子《ようこ》とその弟・広士《ひろし》等の視点を通したエピソードが織り込まれていくのだ。

いや、劇場に来た人だけではなかった。三田洋子の上司で事務長の原口恒子《はらぐちつねこ》なんかも怪しい行動を洋子に見とがめられ脅迫される羽目になる。周辺人物の中には、当然ながら、原口のように、事件に関わりがありそうな人物も交ざっているわけで、本作はそうした複数の視点から描かれていく、いわゆる群像小説のスタイルを取っている。けだし、著者の十八番《おはこ》のひとつというべきか。

中でも注目は、三田姉弟《きょうだい》を待ち受けているドラマだろう。洋子は職場では皆のお姉さんとして親しまれ真面目一筋に生きてきたのだが、原口恒子の秘密を知ってしまったがために恋愛沼にはまることに。それは弟の広士も同様で、彼は街でアケミというホームレスめいた女をひろって近くの安宿に連れ込んだはよかったが、つかの間の関係とはならず、どこか陰のあるこの美女にはまってしまう。実はアケミという女、ヤバい筋の者で、詳細は明かせないが、リュック・ベッソン監督の映画『ニキータ』のヒロインさながら、といえば、おわかりいただけようか。アケミはアケミで、大して取り柄もない広士との恋愛沼に何故かずぶずぶとはまっていくのである。

むろん天本家の三人にも思わぬ出会いがあり、幸代さんは知り合いの病院の壁画制作という大仕事を引き受け、文乃さんは何と別れた亭主（有里の父親でもある）にストーキングされ、有里は永田《ながた》エリという転校生と仲良くなるのだが、そうこうしているうちに、新たな殺人事件が……。

かくして事態はますます錯綜《さくそう》していくが、原口恒子と三田洋子の絆にアケミの素性やら永田エリの父親の正体が結びつき始めると、一連の騒動にはどうやら黒幕らしき者がいるらしいことも見えてくる。そしてそれが、興津山学園の闇に深く関わっているらしいこともわかってくる。冒頭で筆者は本作が演劇ものであるかのように書いたが、かくて中盤からはむしろ、学園ミステリーの様相を強めていくのだ。

著者は学園の文化祭に合わせて、城所真奈の身に危機が迫るなど、そこからも決して手綱をゆるめることなく、さらなる謎を増幅してみせる。

いやそれにしても、今般現実のニュースで報じられている国内最大のマンモス大学の資金不正流出事件を予見するかのような学園スキャンダルが題材とは。著者はコロナ禍の中、東京五輪開催を強行した政府を批判する声明を出すほどの硬派でもあるが、本作からは、そんな不正をただそうとする社会派趣向もうかがえよう。

ところで、二〇二一年一一月にスタートしたNHKの朝の連続テレビ小説『カムカムエヴリバディ』はラジオ英語講座を通して「三世代の女性たちが紡いでいく、一〇〇年のファミリーストーリー」というのが謳《うた》い文句。その三世代とは、もちろん昭和、平成、令和を指すわけだが、その着想をいうなら、二〇一七年刊の本作のほうが一足早かったということを強調しておきたい。

それというのも、著者が本作の着想を得たのは、明仁上皇が退位の意思を表明され、新しい時代を迎えることが確定したことがきっかけだったのではないかと思うからだ。

本作には具体的な年代は記されていないが、幸代さんが昭和、文乃さんが平成、有里が令和を象徴する女性に設定されていると思われるゆえんである。

なお、シリーズ第二作『三世代探偵団　枯れた花のワルツ』も本書と同時に文庫発売されている。シリーズは現在『三世代探偵団　生命の旗がはためくとき』まで刊行中、「三世代探偵団4　春風にめざめて」も近刊予定なので、天本家の三人とお近づきになりたい方は、本作に引き続きぜひ！

本書は、二〇一七年十月に小社より刊行された単行本を文庫化したものです。

三《さん》世《せ》代《だい》探《たん》偵《てい》団《だん》
次《つぎ》の扉《とびら》に棲《す》む死神《しにがみ》

赤川《あかがわ》次郎《じろう》

令和3年 12月25日　初版発行

発行者●堀内大示

発行●株式会社KADOKAWA
〒102-8177　東京都千代田区富士見2-13-3
電話　0570-002-301(ナビダイヤル)

角川文庫 22946

印刷所●株式会社暁印刷
製本所●本間製本株式会社

表紙画●和田三造

●お問い合わせ
https://www.kadokawa.co.jp/ (「お問い合わせ」へお進みください)
※内容によっては、お答えできない場合があります。
※サポートは日本国内のみとさせていただきます。
※Japanese text only

ISBN 978-4-04-111324-0　C0193

角川文庫発刊に際して

角川源義

第二次世界大戦の敗北は、軍事力の敗北であった以上に、私たちの若い文化力の敗退であった。私たちの文化が戦争に対して如何に無力であり、単なるあだ花に過ぎなかったかを、私たちは身を以て体験し痛感した。西洋近代文化の摂取にとって、明治以後八十年の歳月は決して短かすぎたとは言えない。にもかかわらず、近代文化の伝統を確立し、自由な批判と柔軟な良識に富む文化層として自らを形成することに私たちは失敗して来た。そしてこれは、各層への文化の普及滲透を任務とする出版人の責任でもあった。

一九四五年以来、私たちは再び振出しに戻り、第一歩から踏み出すことを余儀なくされた。これは大きな不幸ではあるが、反面、これまでの混沌・未熟・歪曲の中にあった我が国の文化に秩序と確たる基礎を齎らすためには絶好の機会でもある。角川書店は、このような祖国の文化的危機にあたり、微力をも顧みず再建の礎石たるべき抱負と決意とをもって出発したが、ここに創立以来の念願を果すべく角川文庫を発刊する。これまで刊行されたあらゆる全集叢書文庫類の長所と短所とを検討し、古今東西の不朽の典籍を、良心的編集のもとに、廉価に、そして書架にふさわしい美本として、多くのひとびとに提供しようとする。しかし私たちは徒らに百科全書的な知識のジレッタントを作ることを目的とせず、あくまで祖国の文化に秩序と再建への道を示し、この文庫を角川書店の栄ある事業として、今後永久に継続発展せしめ、学芸と教養との殿堂として大成せんことを期したい。多くの読書子の愛情ある忠言と支持とによって、この希望と抱負とを完遂せしめられんことを願う。

一九四九年五月三日